DAGMAR HANSEN

Pommes mit Ketchup

Buch

Nach ihrer Scheidung könnte sich Thea theoretisch austoben und all ihre Verehrer vernaschen. Doch die Freiheit hat einen entscheidenden Nachteil: Sex ohne Liebe ist wie Pommes ohne Ketchup – vollkommen geschmack- und reizlos. Lieber Träume von Leidenschaft als Lust ohne Liebe, ist Theas Motto, und so macht sie sich auf ein Leben als Single gefaßt. Schließlich hat sie einen Beruf, den sie liebt, eine beste Freundin und mehrere gute Freunde, auch wenn sie alle manchmal penetrant glücklich sind in ihren ach so harmonischen Beziehungen.

Thea igelt sich ein, besonders wenn sie Gregor, ihrem geschiedenen Mann, begegnet. Denn trotz der schnellen, zivilisierten Trennung nach fünf Jahren Ehe spukt ihr Gregor immer noch im Kopf herum ...

Autorin

Dagmar Hansen, 1957 geboren, studierte Sprachen und ist Diplomdolmetscherin. Seit 1993 arbeitet sie als freie Autorin. Mit ihrem Debütroman »Pommes mit Ketchup« gelang Dagmar Hansen ein durchschlagender Erfolg, an den sie mit ihren zwei Folgeromanen anschließen konnte.

Bei Goldmann bereits erschienen

Zucker auf der Fensterbank. Roman (42876)
Der Vamp im Schlafrock. Roman (43607)

DAGMAR
HANSEN

Pommes mit Ketchup

Roman

GOLDMANN

Die Originalausgabe erschien im Franz Schneekluth Verlag, München.

Umwelthinweis:
Alle bedruckten Materialien dieses Taschenbuches
sind chlorfrei und umweltschonend.
Das Papier enthält Recycling-Anteile.

Der Goldmann Verlag
ist ein Unternehmen der Verlagsgruppe Bertelsmann GmbH

Genehmigte Taschenbuchausgabe 10/98

Umschlaggestaltung: Design Team München
Umschlagfoto: Bavaria/TCL
Satz: DTP Service Apel, Hannover
Druck: Elsnerdruck, Berlin
Verlagsnummer: 44156
FB · Herstellung: Heidrun Nawrot
Made in Germany
ISBN 3-442-44156-0

3 5 7 9 10 8 6 4 2

1

Oh, Amanda!« sagte Sir Basil leidenschaftlich und verzehrte sie mit brennenden Blicken. Sie erbebte und schlug die langbewimperten Augen nieder.

»Sir . . . ich . . .«, hauchte sie verwirrt.

»Meine Liebste, mein Leben, willst du meine Frau werden?« Da spürte Amanda, wie die mädchenhafte Scheu von ihr wich.

»Ja, liebster Basil, ja!«

»Kann ich Ihnen irgendwie helfen, junge Frau?«

Mein Blick wanderte von zwei braungebrannten Altmännerbeinen über einen nackigen Schniedelwutz langsam nach oben zu einem Gesicht, das sich fragend über meinen Liegestuhl beugte.

Es war ein freundliches Gesicht ohne Arg, und so sagte ich: »Das ist das Ende.«

Die Miene meines Gegenübers verriet Besorgnis.

»Das Ende des Romans. Wenn mir beim Lesen eine Szene so richtig durch und durch geht, übersetze ich laut aus dem Stegreif. Eine Berufskrankheit, fürchte ich. Ich bin Übersetzerin.«

»Das ist ja hochinteressant!« sagte der nackte Herr. Er warf einen raschen Blick auf mein zugeklapptes Buch mit dem Titel *Arresting Amanda.* Auf dem Umschlag bot eine rassige Schönheit einem Herrn die Lippen, der verblüffende Ähnlichkeit mit Arnold Schwarzenegger hatte. Wenn man von der Uniform mal absah.

»Ich lerne auch Englisch, in der Volkshochschule«, fuhr mein Gesprächspartner eifrig fort. »Seit ich pensioniert bin, wird mir die Zeit so lang. Sagen Sie ... Sie könnten mir nicht vielleicht den Unterschied zwischen der einfachen Vergangenheit und der Verlaufsform im Englischen erklären?« Er verbeugte sich korrekt und fügte hinzu: »Gestatten, Doktor Lehmann.«

»Thea Voss«, sagte ich.

Herr Dr. Lehmann nahm im Schneidersitz im Sand Platz. »Oder hat der Herr Gemahl vielleicht etwas dagegen, wenn wir ...«

»Ich bin frisch geschieden.«

»Oh, wie traurig! Schade, daß die jungen Leute heutzutage nicht mehr Geduld miteinander aufbringen.«

»An mir hat's nicht gelegen. Gregor hat mich verlassen.« Herr Dr. Lehmann räusperte sich und fragte: »War da ... eine, äh, andere im Spiel?«

»Eine innere Stimme.«

»Aah ...«, machte mein netter älterer Herr verständnislos. »Sie flüsterte ihm zu, er müsse frei sein.«

»Aah«, machte Herr Dr. Lehmann noch einmal. Er beugte sich vor und fragte vertraulich: »War Ihre Ehe denn glücklich? Ich meine, bevor der Herr Gemahl Stimmen hörte?« Das war eine gute Frage. War unsere Ehe glücklich gewesen? Wenn Glück die Abwesenheit von Streit ist, waren wir glücklich. Wie soll man auch mit jemandem streiten, der den Mund nicht aufmacht, es sei denn zum Essen und Zähneputzen? Das gelang selbst mir nicht. Und so lebten wir friedlich nebeneinander her. Um so größer war der Schock, als mir Gregor nach fünfjähriger Ehe eröffnete, daß er sich scheiden lassen wolle. Er müsse frei sein. Mit seinen Gefühlen für mich oder mit meiner Person habe das nichts zu tun. Behauptete er. Mehr war aus ihm nicht herauszubekommen. Das nahm ich ihm besonders übel. Wir hatten doch über alles sprechen können, früher einmal. Wir hatten miteinander gelacht, ganze Nächte hindurch diskutiert, über Gott und die Welt. Wann kam das große Schweigen? Ich wußte es nicht mehr. Es hatte alles verdrängt.

Eine schnellere Scheidung als unsere hat die Welt noch nicht gesehen. Alles war sehr cool und zivilisiert, besonders ich. Aber unter der Fassade kochte und brodelte es. Da waren Schmerz, Trauer, Selbstmitleid, Enttäuschung, gekränkte Eitelkeit, Wut und eine andere Empfindung, über die ich erst gar nicht nachdenken wollte. Ich fühlte mich wie die Büchse der Pandora. Gar nicht auszudenken, was passieren konnte, wenn ich den Deckel nicht fest geschlossen hielt. Zumal Gregor nichts Besseres mit der neugewonnenen Freiheit anzufangen wußte, als mit seiner Sekretärin Gina anzubandeln. Was mich etwas tröstete in dieser Zeit, war die Tatsache, daß ich endlich meinem Chef mit seinen öden technischen Übersetzungen den Rücken kehren konnte. Man bot mir an, für einen Verlag englische und amerikanische Liebesromane zu übersetzen. Das Beste daran ist, daß ich auch Einfluß darauf habe, welche Bücher übersetzt werden. Zum ersten Mal in meinem Leben darf ich soviel lesen, wie ich will, und werde auch noch dafür bezahlt.

Aber wie (fast) überall im Leben lauert auch in diesem Paradies eine Schlange. Mein Brötchengeber ist Gregor. Er hat den Verlag von seinem Vater, einem griesgrämigen alten Haudegen, geerbt und führt ihn sehr erfolgreich.

Nun habe ich nichts gegen Schlangen, und im Prinzip auch nichts gegen Gregor. Trotzdem hatte ich das dringende Bedürfnis gehabt, wenigstens für zwei Wochen so viel Entfernung wie möglich zwischen uns zu legen. Ich wollte irgendwo in der Sonne liegen, in Ruhe meine englischen Romane lesen. Nette Leute kennenlernen, vielleicht sogar einen netten Mann?

Und siehe da, gleich am ersten Ferientag im Club Phoenix hatte ich Erfolg. Schade nur, daß uns schätzungsweise vierzig Jahre trennten.

Herr Dr. Lehmann hüstelte dezent. Oh, Himmel, er wartete immer noch auf eine Antwort.

»Ach, entschuldigen Sie, ich war mit meinen Gedanken . . .«

»Schon gut«, sagte er mit einem gütigen Lächeln. »Jedenfalls, genießen Sie Ihren Urlaub hier im Club Phoenix! Reisen ist die beste Medizin, wenn man Kummer hat. Es erweitert den Horizont, man lernt so viele Menschen kennen . . .«

Hoffentlich, Herr Doktor Lehmann!

Im Speisesaal roch es nach gegrilltem Fleisch, Fisch, Parfum, heißem Fett und Knoblauch. Fast alle Tische waren schon besetzt, und Menschentrauben drängten sich um das Büffet.

Herrn Dr. Lehmanns Worte klingelten mir noch im Ohr, und so fragte ich einen erstklassig aussehenden blonden Hünen, ob der Stuhl neben ihm noch frei sei. Er nickte kauend. Ich hatte kaum Platz genommen, als er die Nase rümpfte und von mir abrückte.

»Joop«, murmelte er.

»Wie bitte?«

»Du benutzt Joop.«

»Ach, du meinst mein neues Parfum?« sagte ich, erfreut, daß er gleich so unbefangen duzte. »Gefällt es dir?« fragte ich kühn.

»Nein«, kam es zurück.

Das war's dann wieder. Ich widmete mich stumm meinem Fisch und blickte erst wieder auf, als mein schöner Nachbar heftig winkte und schrie: »Juhu, hierher! Hier ist noch ein Platz frei!«

Der Beau stand also auf hochgewachsene blonde Schönheiten. Und die Schönheit auf Hasenfutter. Auf ihrem Teller türmten sich Möhrchen, Kohlräbchen und Sellerie. Aber meinen Nachbarn schien sie auch nicht zu verachten, denn sie glitt mit strahlendem Lächeln auf den letzten freien Stuhl an unserem Tisch.

»Hal lo«, sagte sie.

Sie trug knappe Shorts und ein schulterfreies Top. Ihre Figur war wirklich toll, wenn man Garderobenständerformat liebt. Das Gesicht war nichts Aufregendes, ein bißchen dümmlich, fand ich. Meinen Nachbarn schien das nicht zu stören. Er schenkte ihr ein Glas Wein ein und sagte: »Ich heiße Bernt, mit ›t‹. Und du?«

»Vanessa.«

Bernt mit ›t‹ sah ihr tief in den Ausschnitt. Es war nicht zum Aushalten.

Ich hob mein Glas und sagte: »Prost, Bernt, Vanessa. Ich heiße Thea.«

Das interessierte die beiden zwar nicht im geringsten, aber sie waren wohlerzogen genug, mir nicht den Inhalt ihrer Gläser über den Kopf zu schütten.

»Thea ist ein hübscher Name«, meldete sich meine Nachbarin zur Linken. Sie war um die Vierzig und sah sympathisch aus. Ihr Teint allerdings glich dem einer gekochten Languste, woraus ich schloß, daß sie die Sonne nicht vertrug. Das machte sie mir noch sympathischer, denn ich vertrage auch keine Sonne.

»Ich heiße Marlies und bin schon eine Woche hier«, sagte die Languste.

»Prost.«

Das löste eine Welle des Zuprostens an unserem Tisch aus. Ich schwankte zum Büffet, um mir den Teller mit etwas Handfestem zu füllen. Steak, Pommes, ein Happen Paella. Am Salatstand traf ich Vanessa, die ihre zweite Portion Hasenfutter lud. Sie warf einen Blick auf meinen Teller, dann auf meine Figur.

»Ißt du nur Salat?« fragte ich.

Sie schüttelte die blonde Mähne. »Ich bin Model. Da kann man sich nicht so gehenlassen.«

Danke, Vanessa. Vielen Dank.

»Na so was«, sagte ich. »Ich denke, der Job ist mit dreißig vorbei?«

»Ich bin fünfundzwanzig!« zischte Vanessa.

Das war's dann auch wieder.

In meinem Bungalow fiel ich wie ein nasser Sack aufs Bett. Der Wein zum Mittagessen zeigte erschreckende Wirkung. Ich schlief zwei Stunden und ging dann zum Pool. Auf den terrassenförmig angelegten breiten Steinstufen in unmittelbarer Nähe des Beckens brieten geölte Körper auf Liegestühlen. Sonnenschirme schienen verpönt. Nicht so bei den Familien mit Kindern, die sich auf der palmenbestandenen Wiese niedergelassen hatten. Ich warf einen sehnsüchtigen Blick auf einen herrenlosen Liegestuhl unter einem Sonnenschirm und ging dann entschlossen auf die Rösteplatten zu. Denn da schmorten die Jungen, die Schönen, die Singles und alle, die es sein wollten.

»Hallo, Thea!« rief eine weibliche Stimme.

Ich erkannte Marlies, die Languste, auf der dritten Stufe.

»Du bist spät dran«, bemerkte sie.

»Zuviel Wein beim Mittagessen.«

»Daran gewöhnst du dich«, sagte Marlies und drehte sich auf den Bauch. (Woran sie guttat, denn Dekolleté und Nase schälten sich bereits.)

In diesem Moment stieg ein blonder, sonnengebräunter Adonis die Stufen der Rösteplatte empor. Er kam genau auf mich zu! Ich setzte mich gerader hin und zog den Bauch ein. Dann erkannte ich Bernt mit ›t‹.

»Oh, hallo«, murmelte ich.

»Ach du. Hallo«, murmelte er zurück.

Naß, wie er war, sank er in den Liegestuhl auf Marlies' anderer Seite. Die Wassertropfen perlten von seiner muskulösen Brust. Ich vertiefte mich in einen amerikanischen Liebesroman mit dem Titel *Sweet Sue*.

Der Frieden währte nicht lange. Animateur Rudi rief zum Clubtanz. Die Menge strömte zum Poolrand und stellte sich auf. Neben mir stand Bernt in all seiner Herrlichkeit.

»Und rechtes Bein, linkes Bein, Kick und drehen«, kommandierte Rudi. »Rechter Arm, linker Arm, Sidekick, drehen.« Ich verhedderte mich hoffnungslos und kam mir sehr albern vor.

»Runter, wulle-wulle-wulle, hoch und drehen«, befahl Rudi. Das schaffte ich gerade noch, nur daß die Meute sich auf einmal in die andere Richtung bewegte. Ich hüpfte hinterdrein und rannte fast Vanessa über den

Haufen, die tanzte, als sei sie einem Jazzballett entsprungen. Bernt fielen fast die Augen aus dem Kopf, und er kam aus dem Takt. Bevor er sich genauso blamieren konnte wie ich, hatte Rudi ein Einsehen. Der Clubtanz war geschafft, für heute. Ich auch. Ich packte meine Sachen zusammen und verabredete mich mit Marlies zu einem Drink vor dem Abendessen. Bernt und Vanessa standen immer noch am Pool und sahen sich tief in die Augen.

Am Abend schlenderte ich durch die Geschäftsstraße des Clubs. Da gab es eine Boutique, ein Kunstatelier, wo man Batiken, Seidenmalerei und Töpfern erlernen konnte, ein Kosmetikstudio mit Frisör, einen Souvenirladen und eine Bodega. Vor der Bodega standen ein paar Tische, und an einem davon saß Marlies.

»Da bist du ja«, sagte sie. »Setz dich doch.«

»Ich will nur rasch nach einem Parfum schauen. Ohne fühle ich mich so nackt.«

Daß ich mein sündhaft teures neues Parfum in den Abfluß gegossen hatte, band ich ihr nicht auf die Nase.

In der Parfümerie stand ein unscheinbarer Typ und wühlte bei den Rasierwassern. Er hatte eine verblüffende Ähnlichkeit mit meinem ehemaligen Chef. Die gleiche rote Knubbelnase, das schüttere, rotblonde Haar. Er mußte meinen Blick bemerkt haben, denn er sah auf, musterte mich von Kopf bis Fuß. »Hi, Rotköpfchen, kennen wir uns nicht?«

»Nein.«

»Schade«, meinte er grinsend.

Ich sparte mir die Antwort und schaute mich bei den Parfums um. Ich entschied mich für Chanel Nr. 5. Das hatte ich früher schon mal eine Zeitlang benutzt.

Chef 2 pflanzte sich neben mir auf und deutete auf die Joop-Pyramide: »Das da riecht supersexy.«

Auf denselben Spruch war ich zu Hause in meiner Stammparfümerie reingefallen.

Ich ging zurück zu Marlies und bestellte ein kleines Bier. Chef 2 schlich an unserem Tisch vorbei und winkte mir zu. »Du hast eine Eroberung gemacht«, bemerkte Marlies. »Der Typ hat was.«

»Ja, eine verblüffende Ähnlichkeit mit meinem ehemaligen Chef.«

»Ein Chef! Das erklärt alles.«

»Na, was denn?«

»Seine Aura. Diesen Mann umgibt eine Aura des Erfolgs. Umwerfend!«

Dreieinhalb Sekunden später schlenderte Chef 2 wieder an unserem Tisch vorbei. Ich sah schnell in die andere Richtung. Nicht so Marlies.

»Hallo!« rief sie. »Wollen Sie sich nicht zu uns setzen?«

»Aber gerne!«

Schwupp saß er neben Marlies. Von da an war ich abgemeldet. Zwischen Heiner und Marlies sprühten die Funken. Die beiden schnatterten und schwatzten, daß mir ganz schwindlig wurde. Aber wenn sich ein Mann und eine Frau 3,5 Minuten kennen, haben sie sich ja auch noch was zu sagen. Ich überlegte, ob ich die beiden für die Wahl zum Traumpaar des Abends vorschlagen sollte. Oder lieber Bernt und Vanessa, die gerade eng umschlungen vorbeiflanierten.

Ich fühlte mich auf einmal sehr alt und müde.

»Guten Morgen, guten Morgen!« trällerte Marlies und setzte sich neben mich.

»Guten Morgen, guten Morgen!« trällerte Heiner und setzte sich neben Marlies. Er nahm ihre Hand und drückte einen Kuß auf die Handfläche.

»Heiner und ich wollen heute Tennis spielen, beim Aerobic reinschauen, bißchen segeln, dann batiken und beim Volleyball am Strand mitmachen. Und was hast du vor?« fragte Marlies und machte sich mit gutem Appetit an ihre Spiegeleier mit Speck.

»Ich? Oh, hm, also, ich wollte bei der Wassergymnastik zusehen.«

Viel mehr als Zuschauen kriegte ich auch in den nächsten zwei Wochen nicht auf die Reihe. Die sport- und sexgeladene Clubatmosphäre glitt an mir ab wie Wasser von einer Ente. Vielleicht hätte ich doch, wie meine Schwester mir geraten hatte, eine Kneippkur an der Nordsee machen sollen. Hier im Club kam ich mir manchmal vor wie eine ältliche Jungfer, die einer Horde Kleinkinder beim Ausplündern eines Bonbongeschäfts zusieht.

Am vorletzten Ferientag sagte Marlies – sie war immer noch mit Heiner zugange und sah phantastisch aus, da sie vor lauter Aktivitäten nicht die Zeit fand, sich in die Sonne zu legen: »Übermorgen fliegen wir heim, und du hängst immer noch alleine rum. Mensch, du bist jung, siehst gut aus – amüsier dich doch mal! Lach dir endlich einen netten Mann an!«

»Warum?«

Marlies sah mich an, als hätte ich den Verstand verloren. »Warum, warum«, äffte sie. »Sex ist die natürlichste Sache der Welt, darum!«

Ich lachte.

»Ach, du bist hoffnungslos!« sagte Marlies und machte sich auf die Suche nach Heiner.

Ich steckte die Nase wieder in mein Buch, das mich sehr fesselte. *Belinda And The Dark Stranger* hieß es, und Belinda war gerade von einem schurkischen Fanir in seinen Harem entführt worden.

»Hallo«, sagte eine Stimme.

Ich sah auf und entdeckte Bernt.

»Hallo«, sagte ich und las weiter.

»Spannend?« fragte Bernt.

»Hmmm«, machte ich.

»Ich lese auch gern«, bemerkte Bernt.

So wie er zwischen Tauchen, Tennis und diversen Damen hin und her pendelte, konnte er in diesem Urlaub wenig Zeit auf Lektüre verwendet haben.

»Wo hast du denn Vanessa gelassen?«

Als ob ich nicht wüßte, daß Vanessa inzwischen jeden Animateur vernascht hatte, den der Club zu bieten hatte.

»Vanessa übt Bogenschießen mit Ralf«, sagte Bernt und grinste.

Ich grinste zurück.

»Ach, so nennt man das jetzt.«

Wir gingen zusammen am Strand spazieren. Wir schwiegen einträchtig, denn wir mußten uns nichts beweisen. Wir sammelten Muscheln und ließen Kiesel ins Wasser hüpfen. Ich winkte Herrn Dr. Lehmann zu, der auf einer Badematte in der Sonne schmorte. Herr Dr. Lehmann winkte begeistert zurück.

Auf dem Rückweg fragte Bernt: »Hast du Lust, mit mir heute abend im *Las Playas* zu essen?«

Das *Las Playas* war ein sündhaft teures *à la carte* Restaurant oberhalb des Strandes.

»Ich würde mich freuen, wirklich«, sagte Bernt.

»Na dann gern«, sagte ich. »Um acht?«

Bernt hatte einen Zweiertisch auf der Terrasse direkt an der Brüstung ergattert, von wo man einen herrlichen Blick aufs Meer hatte.

Ich beschloß, den Stier bei den Hörnern zu packen. »Ich dachte immer, du kannst mich nicht leiden.« Bernt räusperte sich verlegen.

»Ach. Das war eigentlich nur dein Parfum. Meine geschiedene Frau hat es immer benutzt.« Erzähl mir mehr, Bernt!

»Seit wann bist du denn geschieden?« fragte ich.

»Seit zwei Jahren. Sie hat gesagt, sie muß frei sein.«

Was du nicht sagst, Bernt!

»Willst du darüber sprechen?« fragte ich in meinem schönsten Psychologinnenton, den ich meiner Freundin Angelika abgelauscht hatte.

»Da gibt's nicht viel zu sagen. Nachdem der erste Schock vorbei war, hab ich gedacht, super, endlich frei. Ich war richtig happy, daß ich auf niemanden mehr Rücksicht nehmen mußte. Ich gehe fast jeden Abend aus, fahre dreimal im Jahr in Urlaub, spiele Golf, Tennis. Ich amüsiere mich. Aber soll ich dir was sagen? Der Spaziergang mit dir am Strand und der Abend heute waren das Schönste, was ich seit drei Jahren erlebt habe.«

»Ich fand's auch schön«, sagte ich, und wir lächelten uns an. Zum Abschied küßten wir uns, und ich spürte seine unausgesprochene Frage. Es war ein wunderbarer Abend gewesen, und ich mochte Bernt, und ich fand immer noch, daß er einer der schönsten Männer war, denen ich je begegnet war. Als ich im Bett lag – allein –, sagte ich laut in die Dunkelheit: »Du dumme Kuh. Marlies hat ganz recht. Du bist hoffnungslos.«

Am nächsten Tag landeten wir mit zweistündiger Verspätung in Düsseldorf.

Eine rassige Schwarzhaarige erwartete Bernt mit einem Strauß roter Rosen. Bernt ließ sich nicht aus der Ruhe bringen. Er küßte mich und drückte mir seine Karte in die Hand. *Bernt den Hoge, Diplom-Psychologe,* stand darauf. Ich gab ihm meine – *Thea Voss, Diplom-Übersetzerin.*

Ich schob mich durch das Gedränge dem Ausgang zu. Und wen entdeckte ich da, groß, schlank und *very British* in einem Burberry-Trenchcoat? Gregor, meinen geschiedenen Mann. Ich bekam auf einmal heftiges Herzklopfen.

»Wartest du auf jemanden?« fragte ich.

»Auf dich.« Es klang nicht sehr freundlich.

»Und wie komme ich zu der Ehre?«

Mein spitzer Ton gefiel mir selber nicht, schließlich hatten wir uns sehr zivilisiert, wenn auch nicht in ungetrübter Freundschaft getrennt.

»Ich will den Kater loswerden. Wir fahren als erstes bei mir vorbei, du kannst ihn gleich mitnehmen«, sagte Gregor mit einem Gesicht wie eine Gewitterwolke.

Wir teilen uns das Sorgerecht für Lazarus, unseren Kater, und Gregor hatte sich während meines Urlaubs um ihn gekümmert.

»Hat er was angestellt?«

Gregor lud mein Gepäck in den Kofferraum seines

Jaguars, machte mir die Beifahrertür auf (selbst im Zorn jeder Zoll der Gentleman) und schwang sich hinters Steuer.

»Er hat auf den neuen Perser geschissen«, sagte er dann gefährlich leise. »Er hat die Gardinen im Schlafzimmer zerrissen. Er hat Ginas Bü ... hmm ... ein Kleidungsstück von ihr zerfetzt.«

»Gina?« fragte ich gedehnt. »Ja, wohnt sie denn bei dir?« Er sah mich mit hochgezogenen Augenbrauen an.

»Nein«, sagte er aber nur. Gesprächig wie immer.

»Es tut mir leid, daß Lazarus so ungezogen war«, sagte ich und schaute schnell aus dem Fenster, damit Gregor mein diebisches Grinsen nicht sah. »Mag Gina eigentlich Katzen?«

»Nein.«

Gregor steuerte den Jaguar über die Autobahn auf unsere Stadt zu. Ich strich mit dem Zeigefinger über den weichen Ledersitz. Ich habe dieses Auto immer gemocht, obwohl es die meiste Zeit in der Werkstatt steht.

Gregor hielt vor einer Jugendstilvilla in einer ruhigen, vornehmen Straße. Ich kannte seine neue Wohnung noch nicht und war äußerst gespannt.

Die Eingangshalle war ganz Marmor und Jugendstil. Nur der Lift schien gottlob neu zu sein. Die Wohnung sah aus wie eine überdimensionale Bonbonschachtel. Jedenfalls das Wohnzimmer. Über die anderen Räume konnte ich mir kein Urteil erlauben, da Gregor keine Anstalten machte, sie mir zu zeigen. Also das Wohnzimmer. Es hatte einen makellosen Parkettboden. Hier endete allerdings die Ästhetik. Belegt war er nämlich mit einem scheußlichen Perser von gigantischen Ausmaßen unter einer weißen Nappaledergarnitur. Darauf tummelten sich zahllose rosageblümte Kissen. Auf einem mit Pfingstrosen bedruckten, herzförmigen Exemplar entdeckte ich einen schwarzen, pelzigen Ball.

»Mistkater!« zischte Gregor. »Liegt schon wieder auf dem teuren Seidenkissen. Höchste Zeit, daß er verschwindet.«

Typisch. Wenn Gregor etwas unbequem ist, will er es los sein.

Ich nahm Lazarus auf den Arm. Er würdigte mich keines Blickes.

»Armer schwarzer Kater«, flüsterte ich in sein Ohr.

»Willst du mir nicht einen Kaffee anbieten?« fragte ich Gregor. »Hübsch bunt hast du's hier. Ich wette, Gina hat dir beim Einrichten geholfen.«

Gregor hatte den Anstand, rot zu werden. Er hat nämlich einen ausgezeichneten Geschmack. Er kann nur nicht nein sagen. Außer bei mir.

»Sehr feminin«, sagte ich wohlwollend.

Ich zündete mir eine Zigarette an und sah mich demonstrativ nach einem Aschenbecher um.

»Du sollst deinen Kaffee haben«, knurrte Gregor, der merkte, daß er mich auch durch finstere Blicke nicht vertreiben konnte, und verschwand.

Ich sah mich um. Rüschengardinen, üppige Kristallüster, eine Schrankwand, die aussah, als wollte sie den Jahrhunderten trotzen. Gina hatte wirklich keine Geschmacksverirrung ausgelassen und Gregor tief in die Brieftasche gegriffen.

Ich verspürte ein menschliches Bedürfnis und machte mich auf die Suche nach der Toilette. Gregor stand in der Küche und belud ein Tablett mit rosa Geschirr. Die Küche war groß wie ein Ballsaal und ganz in Schwarz und Rosa gehalten. (Ich hätte nie gedacht, daß es schlüpferrosa Fliesen gibt.) »Wo ist denn das Klo?« fragte ich.

Er drehte sich nicht um. »Erste Tür rechts.«

Ich öffnete die erste links. Ein Bad. Rosa Badewanne auf goldenen Klauenfüßen. Rosa Kacheln mit Goldornamenten. Ich knallte die Tür ins Schloß.

»Ich hab doch gesagt, erste rechts«, tönte Gregor aus der Küche. Ich schlich auf leisen Sohlen zur letzten Tür rechts. Das Schlafzimmer. Ein rundes Bett. Lila. Lila Teppichboden, beinahe kniehoch. Goldgerahmte Spiegel überall, auch an der Decke. O Gregor, wie tief bist du gesunken. Das soll Freiheit sein?

Das Klo, das ich endlich aufsuchte, war ganz in Weiß gehalten. Gregors Refugium, dachte ich kichernd.

Als ich wieder ins Wohnzimmer kam, hatte Gregor den goldverzierten Couchtisch gedeckt.

»Du siehst gut erholt aus«, sagte er nach einer Weile widerwillig.

»Danke«, sagte ich.

Leider konnte ich von ihm nicht dasselbe sagen. Er sah müde und blaß aus und dünner denn je.

»Viel Arbeit?« fragte ich steif.

»Ja. Hast du was dagegen, wenn ich dich und Lazarus jetzt nach Hause fahre? Ich habe noch zu tun.«

Die Heimfahrt verlief in eisigem Schweigen. Ich wohnte am anderen Ende der Stadt, in einem kleinen Fachwerkhaus mit großem, verwildertem Garten. Ob er es manchmal vermißte? Es war einmal unser Traumhexenhaus gewesen, Gregors und meines. Seitdem war viel Wasser den Rhein runtergeflossen. Gregor trug die Koffer ins Haus und verabschiedete sich eilig. Ich entließ Lazarus in die Freiheit und ging nach oben, um auszupacken. Deprimierend, die Berge von Schmutzwäsche, wenn man aus dem Urlaub kommt. Ich belud die Waschmaschine mit Buntwäsche und warf einen Blick in den Eisschrank. Anstatt der erwarteten gähnenden Leere entdeckte ich Butter, Käse, Eier, Schwarzbrot, ein Steak, Salat. Sogar eine Flasche Weißwein. Das konnte nur die gute Fee Sabine gewesen sein, die in meiner Abwesenheit die Blumen begossen hatte.

Ich ging ins Wohnzimmer, wählte Sabines Nummer und legte mich auf die Couch. Sabine meldete sich nach dem zweiten Klingeln.

»Hab doch gewußt, daß du das bist!« krähte sie in den Hörer.

Für Privatgespräche mit Sabine braucht man eigentlich kein Telefon, sie redet auch so laut genug. Im Geschäft (sie ist Lektorin in Gregors Verlag) telefoniert sie ganz leise und vornehm. Bei mir hat sie keine Hemmungen.

Ich hielt den Hörer dreißig Zentimeter vom Ohr entfernt (gewohnheitsmäßiger Sicherheitsabstand) und sagte: »Hallo, Sabinchen! Schön, deine Stimme wieder zu hören!«

Sie dämpfte ihr Organ ein bißchen und fragte: »Na, wie war's?«

»Schön war's. Vielen Dank fürs Blumengießen und fürs Einkaufen. Wenn du dich nicht erbarmt hättest, müßte ich mich übers Wochenende bei dir durchfressen.«

»Deshalb habe ich mich ja erbarmt.«

»Wollen wir heute abend chinesisch essen gehen? Meine Einladung. Ich hab so Lust auf chinesisch.«

»Okay. *Jadegarten,* acht Uhr?«

»Bis dann.«

Sabine saß schon an einem Tisch und studierte die Speisekarte. Wir fielen uns um den Hals. Sabine schob mich auf Armeslänge von sich weg und betrachtete mich kritisch. (Ich hatte eine weiße Bluse angezogen, um mit meiner gesunden Gesichtsfarbe zu protzen.)

»Richtig gut siehst du aus«, bemerkte sie zufrieden. »Ich hab ja gleich gesagt, fahr weg, ein Urlaub macht aus dir einen neuen Menschen.«

Wir bestellten Frühlingsrollen, Wan Tan Suppe, Chop Suey und Ente Szechuan Art. Dann konnten wir tauschen, was der halbe Spaß bei chinesischem Essen ist. Ich erzählte ein bißchen über meinen Urlaub und berichtete dann haarklein von Gregors erschütternder Wohnung.

»Mhhm«, machte Sabine gedankenverloren. »Lange hält er das nicht aus.«

Sabine und ich kennen uns seit Kindertagen, und sie ist auch recht vertraut mit Gregor.

»Na und?«

»Na . . .«, meinte Sabine mit einem Zwinkern. »O nein!«

»Nein?«

»Nein.«

Sabine weiß, wann sie das Thema zu wechseln hat.

2

Am nächsten Tag beschäftigte ich mich damit, die Notizen, die ich mir im Urlaub zu den englischen Romanen gemacht hatte, zu überarbeiten und in die Textverarbeitung zu füttern. Empfehlen wollte ich unter anderem *Arresting Amanda, Belinda And The Dark Stranger* und *The Waiting Castle,* das schaurig-schön war.

Ich wusch Wäsche, bügelte, kehrte die mit gelben Blättern übersäte Terrasse, telefonierte mit meiner Zugehfrau, mähte den Rasen. Abends hockten Lazarus und ich vor dem Fernseher und teilten uns das Steak.

Montag morgen um neun eilte ich mit meinen Unterlagen in den Verlag. Ich ließ mich vom Empfang anmelden, konferierte eine Stunde und wurde mit der Bitte verabschiedet, mich nächsten Monat zur selben Zeit wieder zu melden und mich derweil weiterhin der Übersetzung eines Büchleins mit dem Titel *The Sleeping Garden* zu widmen.

Ich hatte Lust auf Kaffee und beschloß daher, Gregor in seinem Büro heimzusuchen. Außerdem wollte ich mir und Gina, seinem Vorzimmerdrachen, beweisen, wie cool ich war. Ich fuhr mit dem Lift in den obersten Stock und betrat, ohne anzuklopfen, den Vorraum zu Gregors Allerheiligstem. Aber es war nicht Gina, die mir mit milder Überraschung entgegenblickte, sondern eine Dame mittleren Alters, die einen energischen und kompetenten Eindruck machte.

»Guten Morgen. Was kann ich für Sie tun?« fragte sie höflich.

»Äh, guten Morgen«, stotterte ich, völlig aus dem Konzept gebracht. »Mein Name ist Voss. Ich möchte zu meinem, äh . . .«

Die Dame unterbrach mich freundlich: »Gern, Frau Voss.« Sie piepte Gregor in seinem Büro an und sagte: »Ihre Frau für Sie, Herr Voss.«

Ich segelte lächelnd an der Dame vorbei in Gregors Büro. Wenn ich mir überlegte, welchen Tanz Gina jedesmal aufgeführt hatte, bis sie mir gestattete, meinen damals immerhin noch rechtmäßig angetrauten Ehemann in seinem Büro aufzusuchen! Ich muß erst nachfragen, ob er frei ist . . . ob er Sie empfängt . . . blablabla. Diese Dame war eine wesentliche Verbesserung zu Gina, und das in jeder Beziehung. Ich war immer schon der Meinung, daß eine Sekretärin nicht schön sein muß.

Gregor kam hinter seinem Schreibtisch hervor, als er mich sah. Er küßte mich sogar leicht auf die Wange. Eine penetrante Duftwolke umhüllte ihn.

»Hast du ein neues Rasierwasser?« schniefte ich.

Er nickte. »Aramis. Wieso?«

»Sicher sehr sparsam im Verbrauch. Es tut mir leid, daß die Dame draußen mich als deine Frau angemeldet hat. Ich kam nicht mehr dazu, ihr zu erklären, daß wir geschieden sind. Wo ist denn Gina überhaupt?«

»Nun«, begann Gregor, und ich vermeinte einen Anflug von Verlegenheit in seiner Stimme zu erkennen. »Gina und ich haben beschlossen, daß es besser ist, wenn wir Privates und Geschäft streng auseinanderhalten. Deshalb haben Herr Wiedemann und ich die Sekretärinnen getauscht.«

Diese Idee war nicht auf Ginas Mist gewachsen, soviel war sicher. Von Sabine, an der kein Tratsch im Haus vorbeiging, wußte ich, daß sich Gina seit unserer Scheidung vor Wichtigkeit aufblies wie ein Frosch und tat, als sei sie die zweite Frau Voss. Das war natürlich nichts für Gregor, der sehr für Diskretion ist.

»Frau Lindel ist seit heute morgen bei mir«, fuhr Gregor fort. »Sie weiß übrigens, daß wir geschieden sind, das weiß schließlich jeder hier im Haus.«

»Und warum sagt sie dann ›Ihre Frau‹?«

Gregor seufzte. »Sie ist streng katholisch. Aber eine erstklassige Sekretärin. Wiedemann weiß noch gar nicht, wie er sie vermissen wird.«

»Wohingegen Gina, wie wir alle wissen . . .«, begann ich boshaft, aber Gregor ließ mich nicht ausreden.

»Thea, bitte. Ich weiß, daß du Gina nicht leiden kannst, und in gewisser Weise kann ich das auch verstehen. Aber vergiß nicht, das mit uns hatte nichts mit Gina zu tun. Also . . .« Er sah mich bittend an. Was war nur heute mit ihm los? Er war so umgänglich. Ob er krank war? Ich sah ihn forschend an. Er war blaß und sah abgespannt aus (Gina schien ihn hart ranzunehmen), aber krank wirkte er nicht.

»Kocht deine Frau Lindel auch Kaffee?« fragte ich.

Gregor grinste und sah zehn Jahre jünger aus. »Kaffee! Natürlich, bitte, gleich.«

Ich setzte mich in einen abgeschabten Ohrensessel aus weinrotem Leder, während Gregor bei Frau Lindel Kaffee bestellte und sogar Rosinenschnecken, wenn es sich einrichten ließe.

»Bist du aus einem bestimmten Grund gekommen?« fragte er.

»Ich war im Haus wegen der Übersetzungen und wollte guten Tag sagen. Schließlich braucht man sich ja nicht zu behandeln, als würde man sich nicht kennen, oder?« Gregor wurde ein bißchen rot.

»Nein, natürlich nicht. Tut mir leid wegen Samstag. Ich war wohl nicht sehr freundlich?«

»Nein, nicht sehr«, stimmte ich zu.

Frau Lindel erschien und servierte mit der Würde einer Königin.

Gregor zündete sich eine Zigarette an, dann fiel ihm ein, daß ich auch rauchte.

»Entschuldigung. Du auch?«

»Ich nehme lieber eine von meinen. Ich denke, du hast dir das Rauchen abgewöhnt?«

»Ach, eigentlich rauche ich ja nicht. Nur ab und zu.«

Es klang ziemlich lahm.

Zehn Minuten später stand ich auf.

»Danke für Kaffee und so«, sagte ich.

»War nett, daß du reingeschaut hast«, kam es zurück. »Komm doch mal wieder, wenn du im Haus bist.«

Im Vorzimmer verabschiedete ich mich von Frau Lindel, die mir einen festen Händedruck und ein freundliches Lächeln schenkte. Welch ein Unterschied zu Gina, die ihre Blendax-Werbung stets für die Herren der Schöpfung aufbewahrt. Wenn man den Teufel nennt.

Gina steckte in einem kurzen lila Rock und einer rosa Seidenbluse wie die Wurst in der Pelle. Schwarz umrandete Augen musterten mich unfreundlich.

Ich bin älter als Gina und dachte nicht daran, zuerst zu grüßen. Es sah beinahe so aus, als wollte sie an mir vorbeistöckeln, aber im letzten Moment, bevor sie in

Gregors Vorzimmer verschwand, quetschte sie sich ein Nicken heraus.

»Ihnen auch einen wunderschönen Morgen, Fräulein Bröselcke!« sagte ich laut.

Eine dumme, unhöfliche Person, diese Gina. Ich hatte sie noch nie leiden können, selbst als Gregor noch nichts mit ihr hatte. Allerdings wußte ich im Unterschied zu ihm, der wie alle Männer in dieser Beziehung ein Einfaltspinsel ist, daß Gina von Anfang an ihre Netze nach ihm ausgelegt hatte. Oh, dieses zuckersüße: »Guten Morgen, Herr Voss. Ach, die Akten?« Unschuldsvoller Augenaufschlag. »Soll ich sie holen? Aus dem Archiv?«

Gregor entschuldigte ihre Unfähigkeit mit: »Ach, sie ist noch jung, sie wird's schon noch lernen.«

Von wegen. Gina ist fünfundzwanzig, also kein Frühlingsküken mehr, und doof bleibt doof. Es tat mir gut, daß er das nach zwei Jahren Gina-Chaos im Büro endlich eingesehen hatte, wenn auch seine private Einsicht zu wünschen übrigließ.

Zu Hause werkelte Frau Blank, meine Zugehfrau, getreulich vor sich hin. Sie liebt Gregor und findet es »ganz, ganz tragisch«, daß wir geschieden sind.

Das Telefon klingelte.

»Grüß dich, Thea!« schrillte eine weibliche Stimme.

»Oh, hallo, Marina«, sagte ich ohne Begeisterung.

Gregor und ich gehörten jahrelang zu Marinas umfangreichem Freundeskreis, den sie weniger nach Sympathie als nach Status auswählt. Ohne einen Doktortitel oder zumindest eine einflußreiche Position betritt niemand ihren Dunstkreis (sie benutzt Poison).

Jedenfalls hatte sie Gregor (»Das ist der bekannte Verleger Gregor Voss, meine Liebe! Sie müssen ihn unbedingt mal kennenlernen! Ein hochinteressanter Mann.«) und mich (»... und das ist seine kleine Frau«) zu allen möglichen Festivitäten eingeladen, und das mit einer Beharrlichkeit, der schwer zu entkommen war. Seit unserer Trennung hatte Marina sich allerdings nicht mehr bei mir gemeldet. Ohne Gregor, wer war ich denn auch?

»Wie geht's denn so, Thea?«

Dieser mitleidige Unterton brachte mich innerlich zum Kochen.

»Oh, großartig geht's!« gab ich zurück. »Bin gerade aus dem Urlaub zurück, Club Phoenix. Hab mich köstlich amüsiert.«

Marina kicherte, und im Geiste sah ich ihren neckisch erhobenen Zeigefinger, als sie sagte: »Ja, ja, die geschiedenen Frauen, bei denen muß man aufpassen!«

Sie sprach aus Erfahrung. Jörg, ihr Mann, läßt nichts anbrennen. Es stört ihn auch nicht, wenn die betreffenden Damen verheiratet oder sonst in festen Händen sind.

»Thea«, sagte Marina. »Am Samstag habe ich, wie du weißt, Geburtstag.«

Dumme Kuh, dachte ich, letztes Jahr hast du mich auch nicht eingeladen. Nicht, daß ich mich darum gerissen hätte, auf eine von Marinas langweiligen Partys zu gehen, aber trotzdem tat es weh, einfach ignoriert zu werden. Zumal sie Gregor gebeten hatte, der zu dieser Zeit bereits ausgezogen war.

»Ich plane ein kleines, intimes Dinner für meine allerbesten Freunde, sechsundzwanzig Personen, festliche Kleidung. Du bist herzlich eingeladen!« verkündete Marina.

»Samstag, sagst du?« fragte ich gedehnt.

»Samstag um halb acht. Du kommst doch, oder?«

»Samstag habe ich leider schon was vor«, log ich glatt.

Natürlich hatte ich noch nichts vor, und mir graute etwas vor dem Wochenende, weil Sabine mit ihrem neuen Lover verabredet war und es sonst niemanden gab, mit dem ich mich hätte treffen mögen.

»Aber das kannst du mir nicht antun!« kreischte Marina. »Was mache ich denn mit meiner Tischordnung, wenn mir eine Dame fehlt? Mein Vetter Thomas aus Köln hat sich überraschend für Samstag angesagt.«

Jetzt kamen wir der Sache schon näher.

»Na, du findest doch sicher eine andere alleinstehende Frau in deinem Bekanntenkreis, die Samstag noch nichts vorhat«, sagte ich liebenswürdig.

Dabei feixte ich innerlich. Ich wußte ganz genau, daß Marina keine alleinstehenden Frauen in ihrem Bekanntenkreis hatte. Wie denn auch, wenn sie unverheiratete Frauen ignorierte und geschiedene oder verwitwete fallen ließ wie heiße Kartoffeln.

»Aber ich möchte, daß du kommst. Wir sind doch soo gute Freundinnen«, hörte ich zu meiner Verblüffung. »Kannst du deine Verabredung für Samstag nicht absagen? Mir zuliebe.«

»Na ja, wenn du mich so drum bittest . . .«

»Wunderbar!« quietschte Marina. »Also abgemacht. Wenn du nicht weißt, was du mir schenken sollst, ich sammle Mokkatäßchen von Rosenthal. Bye-bye.«

Ich war schon so lange auf keiner Einladung mehr gewesen, daß ich Marinas intimem Diner förmlich entgegenfieberte. Fehlte nur noch ein neues Kleid, und leider auch ein Geschenk. In einem feinen Porzellangeschäft ließ ich mir Mokkatäßchen von Rosenthal zeigen. Satte 53,95 DM pro Stück! Marina hatte wohl einen Knall! Ich kaufte ein schlichtes Väschen für 9,95 DM im Kaufhaus und beschloß, Samstag noch einen Orchideenzweig zu erstehen.

Die Sache mit dem Kleid erwies sich als schwieriger. Im neunten Geschäft erwarb ich einen schwarzen Hosenanzug, der wie ein Smoking geschnitten war. Dazu ein weißes Seidenhemd, eine kleine silberne Fliege und als Kontrast einen kirschroten Kummerbund. Eine Tüte schwerer und etliche Scheine leichter fuhr ich nach Hause.

Weil mir die Decke auf den Kopf fiel, besuchte ich meine ehemalige Klassenkameradin Melanie. Daran läßt sich das ganze Ausmaß meiner Verzweiflung erkennen, denn Melanie redet, wenn man sie läßt, unaufhörlich über Kinder, Kuchen, Kompost. So sieht sie auch aus: Ein halblanger, mausbrauner Pagenkopf, unmoderne Hornbrille, ungeschminktes Gesicht. Hochgeschlossene Blusen, brave wadenlange Röcke. Und das war mal ein heißer Ofen in Hot Pants, der ganz hoch hinauswollte. Sie studierte BWL und legte ihr Examen summa cum laude ab. Danach hatte sie nichts Eiligeres zu tun, als ihren Klaus zu heiraten.

Jetzt backt sie Vollkornkuchen im Vorort und kutschiert ihre Kleinen vom Mutter- und Kind-Turnen zur musikalischen Früherziehung und von da in die Mini-Volkstanzgruppe. Sie hat die intelligentesten Kinder, das sauberste Reihenhaus und die ultrareinste Wäsche diesseits und jenseits des Rheins. Sabine schwor, daß Melanie ihren Rasen mit dem Straßenbesen kehrt.

Melanies Mann Klaus hat auch Betriebswirtschaft studiert. Jetzt ist er ein kleines Licht bei einer großen Firma, tut aber so, als würde er jeden Augenblick in den Vorstand berufen. Er redet unaufhörlich über seinen müden Job.

Melanie redet, wie gesagt, auch gern und am liebsten an mir vorbei, aber an diesem Nachmittag kam sie nicht zum Zuge. Dafür sorgten die lieben Kleinen. Ich hab Durst, ich muß Pipi, Mama hier, Mama da. Nach einer Stunde und zwei Stück Rübli-Dreikorntorte verabschiedete ich mich mit einem warmen Händedruck von Melanie und kehrte erleichtert in mein kinderloses Heim zurück.

Marina und Jörg residieren in einer zugigen alten Villa, die in der Hauptsache aus Treppenhaus und düsterem viktorianischen Mobiliar besteht. Drum herum liegt ein schöner, parkähnlicher Garten. Jörg kann es sich leisten, einen Gärtner zu beschäftigen. Er ist Radiologe. Marina hat mal Fremdsprachenkorrespondentin gemacht, aber seit die Kinder da sind, sonnt sie sich erleichtert in Jörgs Glanz.

Marina gab Bussi an der Haustür. Ich küßte ebenfalls die Luft neben ihrem Ohr.

»Herzlichen Glückwunsch zum Geburtstag und alles Gute!« sagte ich und drückte ihr mein Präsent in die Hand, das sie ungeöffnet auf die Garderobe legte.

Marina steckte in einem popokurzen orangeroten Rüschenkleid. Ich wagte nicht, mir vorzustellen, wie eine weniger von der Natur begünstigte Person in dieser Creation aussehen mochte.

»Hübsch, das Schwarz zu deinen roten Haaren«, war

ihr Kommentar zu meinem Smoking. »Aber ist so ein Anzug nicht ein bißchen maskulin?«

»Kommt drauf an, was drinsteckt!« murmelte Jörg. Eine Hand verirrte sich zu meinem Hinterteil. »*Ich* habe jedenfalls nichts auszusetzen!«

Ich befreite mich aus Jörgs Griff und sah kleine rote Teufelchen in Marinas großen braunen Augen.

Jörg packte mich am Ellbogen und geleitete mich ins Wohnzimmer.

Ich begrüßte drei mir bekannte Ehepaare jenseits der Fünfzig (Marina und Jörg tendieren zu ›Freunden‹, die wesentlich älter sind, da jüngere Leute meistens nicht den Status und das nötige Kleingeld haben). Ein Mann in den Dreißigern, der Marina sehr ähnlich sah, wurde mir als Vetter Thomas aus Köln vorgestellt. Er hatte lockige schwarze Haare und hübsche braune Augen. Wenn er lachte, zeigten sich Grübchen in seinen Wangen. Mein Tischherr.

Eine ältere Frau in weißer Schürze und Häubchen reichte Sekt und Häppchen. Ich verschlang ein Kanapee. Es trieb mir die Tränen in die Augen. Vetter Thomas klopfte mir den Rücken, als ich mit einem Hustenanfall kämpfte.

»Chili-Kanapees«, sagte er verständnisvoll. »Marinas Spezialität.«

Als ich wieder Luft bekam, sah ich ein graues Augenpaar, das mich besorgt musterte.

»Oh, hallo, Gregor!« stotterte ich und fühlte, wie ich rot wurde. Dieses Biest Marina hatte mir nicht gesagt, daß Gregor auch da sein würde! Und sie hatte mir natürlich erst recht nicht gesagt, daß an seinem Arm Gina hängen würde, aufgetakelt wie ein Weihnachtsbaum.

»Hallo, Thea!« sagte Gregor und schenkte mir ein warmes Lächeln. »Du siehst gut aus«, fuhr er mit einem anerkennenden Blick fort.

»Du auch«, sagte ich wahrheitsgemäß. Gregor sieht in einem Smoking aus, als sei er drin geboren.

»Guten Abend«, sagte Gina und gab mir so schlaff die Hand, daß ein toter Fisch für mehr Action gesorgt hätte. Sie strahlte und glitzerte in einem tief ausgeschnittenen, bodenlangen Goldbrokatkleid. Das schwarze Haar war zu einer komplizierten Frisur aufgetürmt, und von ihren Ohren baumelten schulterlange goldene Ringe. Genau passend für eine Opernpremiere in Bayreuth.

»Na, dann will ich mal weiter die Runde machen«, sagte ich.

»Tun Sie das«, kam es von Gina.

Am liebsten hätte ich einmal kräftig an ihren Ohrringen gezogen. Was sie rettete, waren Marina und der Gong.

»Ich bitte zu Tisch, meine Herrschaften!«

Wir strömten ins Eßzimmer.

Ich saß rechts von Vetter Thomas und links von Jörgs Vater, einem schaurigen Langweiler, der sich nur für seine Pfeifen nebst Utensilien interessiert. Neben seinem Platzteller lauerte schon das Pfeifentäschchen.

Mir gegenüber hatte Marina, das sensationslüsterne Biest, Gregor und Gina plaziert. Im Sitzen purzelte Ginas Busen beinahe aus dem Kleid. Bei diesem Anblick verging mir der Appetit, aber er ließ sich mit Graved Lachs an Senf-Dillsauce, Wildkraftbrühe, Feldsalat an Pfifferlingen und Tournedos an handgemachten Kartoffelplätzchen und Gemüse-Potpourri, gefolgt von Sahneeis an Wildbeeren-Fruchtmark (so lautete die Speisekarte) problemlos wieder hervorholen. Ob man in der Wildkraftbrühe nicht auch noch ein *an* hätte unterbringen können? Thomas verriet mir, daß Marina eigens einen Chef de Cuisine für heute abend engagiert hatte.

»Wie alt wird Marina eigentlich?« fragte ich.

»Einunddreißig. Wie die letzten fünf Jahre auch.«

Er zuckte die Schultern und lachte. Er war nett, doch ja. Jörgs Vater, der Langweiler, versuchte ein paarmal mit seinem Lieblingsthema ›Meine Pfeife und ich‹ dazwischenzufunken, aber ich ignorierte ihn. Das war meine persönliche Rache an Marina.

Gina klebte an Gregor, daß er kaum einen Bissen ungestört zum Munde führen konnte. Küßchen hier, ein Häppchen Lachs von ihrem Teller, ein Busen an seinem Ellbogen. Gregor beherrschte sich krampfhaft. Er haßt es, wenn man ihn beim Essen stört. Ich auch. In dieser Beziehung hatten wir uns hervorragend verstanden.

»Wer ist denn der englisch aussehende Herr gegenüber?« flüsterte Thomas, als Gina gerade kichernd einen Schmatz auf Gregors Ohr drückte.

»Mein Ex«, flüsterte ich zurück.

»Aha. Und die ... äh, Dame?« Es fiel ihm sichtlich schwer, Gina als solche zu bezeichnen.

»Seine ehemalige Sekretärin.«

Er schluckte. »Macht es Ihnen sehr viel aus?« fragte er dann vorsichtig.

Ich trank mein Glas leer und meinte: »Ach wo. Wollen wir nicht über was anderes reden?«

»Gern«, sagte er.

Wir tranken Brüderschaft. Der Kuß, den er mir verpaßte, war alles andere als brüderlich. Aus den Augenwinkeln sah ich, wie Gregor gegenüber erstarrte.

Gut so.

Im Wohnzimmer hatte ein dienstbarer Geist die Teppiche aufgerollt, so daß der Parkettboden zum Vorschein kam. Glenn Miller spielte auf dem CD-Player.

»Es darf getanzt werden!« rief Marina und stürzte sich in Jörgs Arme.

»Wollen wir?« fragte Thomas.

»Gern.«

Ich sah Gina, die Gregor entschlossen ins Getümmel zerrte. Sie riß die Führung an sich und hampelte an uns vorbei. Dabei stieß sie mir einen Ellbogen in die Seite.

»Oh, Verzeihung!«

Als sie mich das zweite Mal anrempelte, mochte ich nicht mehr an einen Zufall glauben. Kurz entschlossen kickte ich gegen ihren Knöchel.

»Sie hat mich getreten!« schrie Gina. »Gregor, sie hat mich getreten.«

»Halt den Mund, Gina!« zischte Gregor und zerrte Gina davon.

Sie sträubte sich. Sie hätte zu gern eine Szene abgezogen, aber Gregor ließ sie nicht. Das hätte ich ihr vorher sagen können.

Thomas flüsterte mir ins Ohr: »Wollen wir gehen?«

»Au ja!« tuschelte ich zurück. Die Aussicht, endlich Ginas Anblick los zu sein, machte mich leichtsinnig.

»Ich schleiche zuerst raus und warte auf dich.«

Draußen faßten Thomas und ich uns an den Händen und rannten kichernd wie die Schulkinder bis zur nächsten Ecke.

»Mein Auto steht da drüben«, sagte Thomas. Er deutete auf einen schwarzen Porsche.

»Wohin?«

»Zu mir.«

Es lag nicht an Thomas. Er war zärtlich, er war leidenschaftlich, er war geduldig. Er konnte nichts dafür, daß ich mich ihm so nahe fühlte wie dem Mann im Mond. Und Sex ohne Nähe ist für mich wie Pommes ohne Ketchup.

Als Thomas im Schein der Nachttischlampe dalag und schlief, betrachtete ich sein Gesicht. Er war ein gutaussehender Mann, kein Zweifel. Intelligent, charmant, witzig. Ein guter Liebhaber.

Ich nahm ein Kopfkissen und eine Wolldecke aus dem Schrank und verbrachte den Rest der Nacht mit Lazarus auf dem Sofa.

Thomas' Kuß weckte mich.

»Warum schläfst du denn hier unten?« fragte er. »Habe ich geschnarcht?«

Ich schmiegte mich schuldbewußt an ihn.

»Ich kann nicht mit jemandem in einem Bett schlafen. Psychologische Sache.«

Er sah mich ehrlich besorgt an. »War das der Grund für deine Scheidung?«

Ich mußte lachen.

Thomas begann, meinen Hals zu küssen. Das war sehr angenehm, ich mochte das Kitzeln seiner Bartstoppeln. Aber ich war über Nacht zu einem Entschluß von großer Tragweite gekommen.

»Thomas«, sagte ich.

»Hmmm . . .?«

»Ich habe beschlossen, im Zölibat zu leben.«

Er setzte sich bolzengerade hin und starrte zuerst mich an, dann lange schweigend ins Leere. Schließlich sagte er mit der Stimme eines Menschen, dem plötzlich eine tiefschürfende Erkenntnis zuteil geworden ist: »Weißt du was? Ich hatte immer schon das Gefühl, daß der Spaß am Sex die Probleme nicht wert ist, die er mit sich bringt.«

Irgend etwas an seiner Argumentation störte mich, aber ich war erleichtert, daß er meine Eröffnung so gut aufnahm.

»Mich nervt dieser Streß im Bett, bei jeder neuen Frau. Bin ich gut genug, mache ich es richtig, bin ich zu schnell, zu langsam?« fuhr er fort. Er erwärmte sich sichtlich für sein Thema. »Sex wird in unserer modernen Gesellschaft überbewertet. Wo bleiben die inneren Werte? Warum erwarten manche Damen von mir, daß ich mir einen Strick kaufe und mich erschieße, wenn ich ihnen nicht mindestens zehn Orgasmen pro Stunde garantiere!«

Ich fühlte mich nicht angesprochen, da ich von Natur aus genügsam bin, wollte aber trotzdem protestieren. Doch Thomas ließ mich nicht zu Wort kommen.

Begeistert rief er: »Sexuelle Enthaltsamkeit dagegen – stell dir vor, was für ungeheure Energien da frei werden, die man für die wirklich wichtigen Dinge im Leben einsetzen kann. Damit wäre eine komplette Neuordnung der Welt möglich!«

Darauf wäre ich nie gekommen, aber ich nickte eifrig. Thomas drückte mich so fest, daß mir die Luft wegblieb.

In diesem Moment klingelte das Telefon.

»Thea!« schrie Marina. »Wieso bist du gestern abend so plötzlich verschwunden?«

»Oh, mir war auf einmal übel. Irgend etwas muß mir nicht bekommen sein«, sagte ich.

»Viele Grüße!« brüllte Thomas.

»Was hat denn Thomas bei dir zu suchen?« fragte Marina scharf.

»Thomas und ich leben seit heute im Zölibat«, sagte ich feierlich.

»Zö . . . Zöli . . .? Ach, hör mit dem Schweinkram auf, Thea! Eine geschiedene Frau ist doch nichts für unseren Tommi!«

3

Wieder einmal lauerte Weihnachten vor der Tür. Ich hatte meine Übersetzung von *The Sleeping Garden* beendet und erhielt den Auftrag, *Arresting Amanda* zu übersetzen. *Sweet Sue* und *The Waiting Castle* sollten folgen. Sabine hatte ich lange nicht gesehen. Ihr neuer Lover – sie hütete seine Identität wie den Kohinoor – nahm ihre gesamte Zeit in Anspruch. Na, immerhin telefonierten wir öfter.

Weihnachten. Wie kann ein Fest nur so stressig und gleichzeitig so öde sein? Nichtsdestotrotz verbringt niemand das Fest der Feste freiwillig allein. Ich beschloß, mich wie schon im letzten Jahr bei meiner Schwester in Norddeutschland einzuladen. Doch vorher mußte ich Lazarus bei Gregor unterbringen. Ich hatte ihn seit dem Abend bei Marina nicht mehr gesehen. Thomas übrigens auch nicht, allerdings telefonierten wir häufig, und er erzählte mir alles über sein neues, enthaltsames Leben. Er schien bereits einige seiner besten Freunde bekehrt zu haben. Ehekrisen pflasterten seinen Weg. Ein moderner Messias, der Thomas.

Ich rief Gregor im Büro an.

»Kann Lazarus Weihnachten bei dir verbringen? Ich fahre zu meiner Schwester.«

Gregor zögerte nicht eine Sekunde.

»Aber gern! Wann willst du ihn bringen?«

»Heute abend?«

»Ja, das paßt mir gut. Ach, übrigens . . . ich bin umgezogen. In die Reutestraße sieben.«

»Ja, wieso denn das?«

»Es erschien mir nötig«, sagte Gregor geheimnisvoll.

Ich wählte sofort Sabines Büronummer.

»Wieso ist Gregor umgezogen? Und wieso hast du mir nichts davon erzählt?«

»Ach, Thealein, das hab ich glatt verschwitzt. Ich hätte auch nicht gedacht, daß es dich so brennend interessiert! Übrigens, ich wollte mich für morgen abend bei dir einladen. Du brauchst nichts zu kochen, ich bringe was vom Chinesen mit. Zur Feier des Tages.«

Sie gackerte wie ein Huhn.

»Du hast dich ganz schön rar gemacht in der letzten Zeit«, sagte ich spitz. »Wie kommt's, daß du dich mal zu mir verirrst?«

»Laß dich überraschen.«

Kichernd hängte sie auf.

Als ich Gregors neue Wohnung betrat, glaubte ich mich in eine Gemäldegalerie verschlagen. Der Flur war weiß gestrichen, und der weißlackierte Holzfußboden glänzte matt im Schein eines ultramodernen Strahlers. Die Wände waren dicht gepflastert mit unglaublich wilden und unglaublich modernen Bildern, alles Originale, wie es schien.

Ich erhaschte einen Blick auf eine schwarz-weiße Küche, ein schwarz-weißes Schlafzimmer und ein schwarz-weißes Bad. Dann stand ich im schwarz-weißen Wohnzimmer. Lazarus paßte hervorragend ins Bild: Ob Gregor ihn deshalb so gern über Weihnachten aufnehmen wollte?

Ich sank auf das schwarze Ledersofa und sah an dem schwarzen Couchtisch vorbei. Vor den Jungen Wilden an den Wänden gab es kein Entkommen.

»Darf ich dir was anbieten?« fragte Gregor.

»Ein Bier, bitte«, sagte ich matt.

Gregor verschwand. Als er wiederkam, trug er in der einen Hand ein Glas Bier, die andere lag um die Hüften einer großen, schlanken Frau.

»Das ist Franziska.«

Franziska war Anfang Zwanzig und hatte ein feines, nordisches Gesicht. Die langen hellblonden Haare trug sie in einem tiefen Knoten im Nacken. Bis auf hellrosa Lippenstift und einen dicken schwarzen Lidstrich, der zu ihrem schwarzen Rollkragenpulli und den schwarzen Jeans paßte, trug sie kein Make-up.

»Franziska, das ist Thea, meine geschiedene Frau.«

Franziska schüttelte mir ernst die Hand.

»Es ist gut, daß wir uns kennenlernen«, sagte sie. »Gregor hat in der Beziehung zu Ihnen noch eine Menge aufzuarbeiten.«

»Franziska studiert Psychologie und Kunst«, verkündete Gregor mit der Miene eines stolzen Vaters. (Kunststück. Er war ja auch zwanzig Jahre älter.)

»Macht es Ihnen etwas aus, daß Gregor und ich zusammen sind?« fragte Franziska.

»Aber wieso denn«, erwiderte ich. »Wir sind geschieden.« Sie schien nicht überzeugt.

»Was sehen Sie mit Ihrem inneren Auge, wenn Sie mich betrachten?«

»Schwarz!« platzte ich heraus.

»Ah!« hauchte Franziska.

»Habe ich jetzt was Falsches gesagt?« fragte ich.

Ein wissendes Lächeln spielte um ihre schmalen Lippen. »Sie sind genauso, wie Gregor Sie mir beschrieben hat.«

Ich konnte mich nicht beherrschen. »Und wie hat er mich beschrieben?«

Natürlich sagte sie nichts. Angehende Psychologen!

Gregor servierte Franziska und sich Malventee (ohne Zucker). Jetzt erst fiel mir auf, daß er einen schwarzen Rollkragenpullover und schwarze Cordhosen trug. War jemand in der Verwandtschaft gestorben?

Ich trank einen Schluck Bier und zündete mir eine Zigarette an.

»Oh, Sie rauchen!« sagte Franziska und zog angewidert die Nase kraus.

Gregor sprang auf und holte einen schwarz-weißen Aschenbecher.

»Warum bist du denn umgezogen?« fragte ich ihn. »Was ist mit Gina? Und deinen Möbeln?«

»Gina und ich haben uns schon vor längerer Zeit getrennt. Genaugenommen nach diesem Abend bei Marina. Wir spürten, daß unsere Energien aneinander vorbeiströmten.«

Ha! Gina weiß noch nicht mal, wie man Energie schreibt, dachte ich. Du hast sie abserviert, mein Lieber.

Ich bohrte weiter: »Und deine teuren Möbel?«

»Haben meine Nachmieter übernommen. Ricardo und Roberto. Für einen sehr guten Preis.«

»Ich wußte gar nicht, daß die beiden umgezogen sind«, sagte ich, um mein Entsetzen zu tarnen. Eine Leidenschaft für schlüpferrosa Fliesen und Herzkissen hätte ich bei Ricardo und Roberto, die eine Kette ultramoderner Frisörsalons besitzen, nun wirklich nicht vermutet. Dabei bin ich seit Jahren mit ihnen befreundet. Wir haben immer viel Spaß miteinander, wenn wir uns treffen, was allerdings nicht allzuoft vorkommt. Roberto und Ricardo kennen die halbe Stadt und sind ewig auf Achse.

Gregor brachte mich zur Tür.

»Franziskas Name steht nicht auf dem Schild«, bemerkte ich.

Gregor zog die Augenbrauen hoch. »Sie wohnt nicht bei mir, wenn es das ist, was du wissen willst.«

Ich ließ beschämt den Kopf hängen.

»Schöne Feiertage, Thea«, sagte Gregor und küßte mich leicht auf die Wange.

Am liebsten hätte ich ihm einen Tritt vors Schienbein verpaßt. Statt dessen fuhr ich heim. Am nächsten Abend kam Sabine. Sie balancierte einen flachen Karton, der mit allerlei Schälchen und Töpfchen beladen war.

»Frühlingsrollen, Ente Szechuan Art, Chop Suey«, sagte ich zufrieden.

»Naaa? Fällt dir was auf?« fragte Sabine.

»Du hast die Herbstrollen vergessen.«

»An mir natürlich, Dussel.«

Ich musterte sie. Sie trug eine Jeanslatzhose und darunter einen hellblauen Kaschmirpulli.

»Rund und rosig siehst du aus«, sagte ich wahrheitsgemäß. »Wie ein Marzipanwutzchen. Zugenommen?«

Sabine kicherte. »Noch nicht viel.«

»Ja, wieviel willst du denn noch zunehmen?«

Sabine achtet normalerweise sehr auf ihre schlanke Linie. »Och, nicht mehr als zehn Kilo«, sagte sie und sah mich erwartungsvoll an.

Ich bin manchmal schwer von Begriff, aber tendenziell nicht dumm.

»Sabine«, sagte ich. »Bist du schwanger?«

»Jaaaa!« jubelte sie. »Ist das nicht toll?«

Ich erinnerte mich an den feierlichen Schwur, den wir auf dem Spielplatz geleistet hatten. Kinder? Nie im Leben. Wir wollten Super-Karrierefrauen sein. Damals war ich acht und Sabine elf. Ich studierte Angewandte Sprachwissenschaften und Sabine Germanistik. Zu Ruhm und Ehren ganz, ganz oben, wo die Luft so dünn ist, haben wir es nicht gebracht. Da hätten wir schon was anderes studieren müssen. Betriebswirtschaft zum Beispiel. Wie meine Klassenkameradin Melanie, die ihre Kenntnisse allerdings nur zum Nachrechnen ihrer Supermarkt-Quittungen einsetzt. Sabine und ich waren wenigstens einem unserer großspurigen Entschlüsse treu geblieben: Kinder, nein danke.

»Am zwölften Februar heiraten wir. Du bist Trauzeugin«, plauderte Sabine weiter.

»Verrätst du mir jetzt endlich, wer der Glückliche ist? Du hast es bis heute ja nicht für nötig gehalten, ihn mir vorzustellen«, sagte ich ätzend.

»Ach, Thea, sei nicht böse. Außerdem kennst du ihn.«

»Heraus mit der Sprache!« brüllte ich. »Wer ist es?«

»Wiedemann.«

»Wiedemann?! Der vom Verlag?«

»Genau der.«

Wiedemann. Eine kleine graue Maus von Mann, Mitte Vierzig, verwitwet. Ich hatte ihn immer so aufregend wie lange Unterhosen gefunden.

»Ja, aber, Sabine . . .«

Sabine guckte auf einmal ganz ernst.

»Ich wußte, daß du so denken würdest. Deshalb habe ich dir auch nichts von Wilhelm und mir erzählt. Aber weißt du, ich bin jetzt dreiunddreißig. Ich habe die Nase voll von diesen Bettgeschichten. Ich möchte Geborgenheit, Verantwortung, ein Kind oder auch zwei. Ich möchte einen Mann, der mich liebt. Der den Rasen mäht und abends mit mir einschläft.«

»Du bist ja eine Romantikerin!«

»Na und?« sagte sie kriegerisch. »Da befinde ich mich in bester Gesellschaft. Du hängst doch immer noch an Gregor, das sieht doch jeder!«

Wie von der Tarantel gebissen fuhr ich auf.

»Fang jetzt nicht von mir an. Außerdem ist es nicht wahr.«

»Ist es doch!«

»Ist es nicht!«

Ich fühlte mich zwanzig Jahre zurückversetzt, als wir uns auf dem Spielplatz zu zanken pflegten wie die Kesselflicker. Sabine nahm meine Hand und sagte: »Laß uns doch nicht streiten, Thea. Ich bin so glücklich! Freust du dich nicht für mich?«

Ich war entwaffnet. »Doch. Wenn du glücklich bist, bin ich's auch. Für dich. Wann kommt das Baby denn?«

»Ende Juni! Ich kann's kaum noch erwarten.«

Wir fielen uns um den Hals.

»Ich wünsch dir alles Glück der Welt, wirklich.«

»Dann laß uns endlich was essen. Junior und ich sind halb verhungert.«

Ich backte die Frühlingsrollen im Ofen auf und deckte den Küchentisch. Sabine und ich sitzen fast immer in der Küche, weil es so gemütlich ist.

Sabine packte Strickzeug aus und saß mit klappernden Nadeln da.

»Was wird denn das?«

»Ein Jäckchen!« sagte sie.

Ich betrachtete das formlose hellgelbe Teil, das zwischen den Stricknadeln klebte. Sabine würde es nie lernen.

»Meine zukünftige Schwiegermutter hat mir ein paar Tricks verraten.«

»Wie ist sie denn so?« fragte ich.

Meine eigenen Erfahrungen mit der Spezies konnte man im schlimmsten Fall als katastrophal, im besten als lehrreich bezeichnen.

»Nun ja. Sie hängt sehr an ihrem Wilhelm, weißt du.«

Ich wußte. Das gleiche traf für Gregors Mutter zu. Ich hatte da nur gestört.

»Immerhin freut sie sich sehr auf ihr erstes Enkelkind. Wilhelm ist der einzige Sohn, und er hatte keine Kinder mit seiner verstorbenen Frau.«

Die Frühlingsrollen waren soweit.

»Ich kann unmöglich zwei Frühlingsrollen und dann noch Ente und Chop Suey essen«, sagte ich.

»Nein? Dann gib mir noch eine«, sagte Sabine mit vollem Mund.

Sie verputzte auch die Ente. Dann belud sie ihren Teller mit Chop Suey.

»Wär doch schade, wenn's verkommen täte«, meinte sie.

Sie nahm wieder ihr Strickzeug zur Hand und erzählte. Von Wilhelm. Wie sie sich bei einer Geburtstagsfeier im Verlag menschlich nähergekommen waren. Wie sie gemeinsame Ausflüge in den Zoo und ins Museum unternahmen. Er ihr endlich einen Heiratsantrag machte. So richtig mit roten Rosen und so. Sie merkte, daß sie schwanger war. So ein Zufall, wo sie doch bloß dreimal vergessen hatte, die Pille zu nehmen!

Wie Wilhelm sich freute. Und seine Mutter (der alte Drache) auch. Daß sie natürlich aufhören wollte zu arbeiten. Sie hielte nichts von Frauen, die Kinder in die Welt setzen und sich dann nicht drum kümmern. Ein Kind braucht seine Mutter rund um die Uhr in den ersten drei Lebensjahren. Mindestens, oder?!

Ihre Wohnung sei natürlich zu klein und Wilhelms käme nicht in Frage. Er wohnte seit dem Tod seiner Frau bei seiner Mutter. Ein Häuschen im Grünen müßte her, dieses hier wäre genau richtig, jedenfalls für bis zu zwei Kinder. Ob ich nicht vielleicht Wohnungstausch ...?

»Nein«, sagte ich fest. »Ich habe keineswegs die Absicht, umzuziehen. Ich heiße schließlich nicht Gregor, der seine Wohnungen wechselt wie der deutsche Durchschnittsmann die Unterhosen.«

»Na gut«, sagte Sabine und redete weiter.

Ich liebe Sabine, aber an diesem Abend ging sie mir auf den Wecker. Wie war es nur möglich, daß sich eine patente, lustige, an allem interessierte Person gleichsam über Nacht in eine Hauspflanze verwandelt hatte, die nichts anderes im Kopf hatte als Hochzeit, Baby Wiedemann und Papi Wiedemann? Ich entschied, daß die Hormone an allem schuld waren, und wappnete mich für eine weitere Redesalve.

Endlich verstummte Sabine.

»Junior und ich müssen ins Bett«, verkündete sie. »Was machst du an Weihnachten?«

»Ich fahre zu meiner Schwester nach Heiderode.«

»Schade. Du hättest am zweiten Feiertag mit Wilhelm, Schwiegermutter und mir Fondue essen können.«

4

Niemand kennt Heiderode. Für 125 Seelen ist der Flecken jedoch der Nabel der Welt. Auch für meine Schwester Ingrid, die sich neuerdings zum alternativen Landleben berufen fühlt. Sie teilt ihren Hof mit vier Katzen, zwei Hunden, einem Pferd, einer Herde Ziegen, einem Hühnervolk samt Gockel und zwei Schafen. An den Wochenenden auch mit Mann und Sohn. Ihr Mann Helmut verdient in Kiel den Unterhalt für den wachsenden Tierbestand. Mein Neffe Rüdiger studiert, ebenfalls in Kiel.

Ingrid stand in Gummistiefeln und Kopftuch im Hof und fütterte die Hühner, als ich vorsichtig heranrollte, immer bedacht, keinen ihrer frei herumlaufenden Lieblinge platt zu walzen.

»Du kommst gerade richtig«, begrüßte sie mich. »Heidekönig muß gemistet und gefüttert werden.«

»Aber aufs Klo darf ich vorher noch, ja?«

»Klar doch. Und einen Kaffee kriegst du auch. Ich bin ja nicht so.«

Ich holte meinen Koffer aus dem Auto und ging hinter Ingrid ins Haus. In der Diele zog sie ihre schlammigen Gummistiefel aus und deutete auf ein paar neu aussehende Stiefel der gleichen Machart.

»Die sind für dich«, sagte sie. »Damit du dich nicht vor der Arbeit drücken kannst mit der Begründung, du würdest deine Schuhe ruinieren.

In der großen Bauernküche stürzten sich Ingrids schwarze Labradorhunde auf mich. Es sind freundliche Tiere, die jeden – vom Briefträger angefangen – so herzlich begrüßen wie einen lang vermißten Freund.

Ingrid trank zwei Tassen Kaffee, aß vier Berliner und musterte mich wohlwollend.

»Für eine geschiedene Frau siehst du nicht schlecht aus«, sagte sie in ihrer charmanten Art. »Was macht Gregor?«

»Er ist umgezogen und hat eine neue Freundin. Anfang Zwanzig, studiert Kunst und Psychologie.«

Ingrid zog die Nase kraus.

»Midlife Crisis. Gott sei Dank sind Helmut und ich drüber weg.«

Ingrid ist fünfzehn Jahre älter als ich. Ihre Ehe hat, trotz heftiger Rangeleien und Scheidungsdrohungen beiderseits, dreiundzwanzig Jahre überdauert. Wie gut oder wie schlecht es ihr aber wirklich geht unter all ihren Viechern, weiß ich nicht. Ingrid ist zugeknöpft wie eine Auster.

Ich fütterte und mistete Ingrids Wallach Heidekönig. Ich mistete und fütterte zweiundzwanzig Ziegen. Danach hatte ich die Nase voll.

»Grüß dich!« rief mein Schwager Helmut, als ich in die Küche kam.

Wir haben uns schon immer gut verstanden. Er ist so ein kleiner, dicker Gemütlicher. Ganz anders als meine große, dünne Schwester, die auch ihr schlimmster Feind nicht als gemütlich bezeichnen kann. Ingrid muß immerzu irgendwas machen. Wenn sie nicht die Tiere versorgt oder Marmelade kocht, stopft sie Strümpfe oder strickt. Oder hält andere Leute zur Arbeit an.

»Schätzchen«, sagte Helmut. »Erzähl uns alles über dein neues Leben.«

Ingrid stand am Herd und rührte in einem großen Topf. Es roch gut.

»Ich übersetze. Ich lese. Manchmal treffe ich mich mit Freunden.«

»Männer?« fragte Helmut.

»Niente. Enthaltsamkeit macht den Kopf frei für die wirklich wichtigen Dinge des Lebens«, sagte ich tugendhaft.

Helmut bekam einen Lachkrampf. Ingrid schüttelte nur den Kopf.

»Du? Ohne Kerl?« keuchte Helmut, als er wieder Luft bekam.

»Was ist daran so komisch?« fragte ich kühl.

»Oh, nichts«, versicherte Helmut und brach wieder in brüllendes Gelächter aus.

»Nur weil es mit Gregor schiefgegangen ist, mußt du nicht gleich ins andere Extrem verfallen«, sagte Ingrid säuerlich. »Such dir einen netten, vernünftigen Mann, nicht so was Kompliziertes wie Gregor. Was Bodenständiges. Vielleicht vom Land? Krieg ein paar Kinder.«

Langsam wurde ich sauer.

»Ich lebe ganz gut ohne Mann, danke schön. Und selbst gesetzt den Fall, ich wollte einen, was nicht stimmt, woher nehmen und nicht stehlen?«

»Du mußt deine Ansprüche eben ein bißchen runterschrauben, meine Liebe«, sagte Ingrid. »Wie wir das alle gemacht haben.«

»Danke, Weib!« schnaufte Helmut.

Zu Weihnachten schenkte mir Ingrid selbstgemachten Ziegenkäse und ein Buch mit dem Titel: *Die Bedeu-*

tung von Partnerschaft und Ehe in der modernen Gesellschaft.

Mein Neffe Rüdiger schenkte mir ein duftendes Ölbad.

»In deinem Alter fängt die Haut an auszutrocknen«, bemerkte er dazu.

Der Knabe studiert Pharmazie und muß es wissen.

Ich überreichte Ingrid ein Fachbuch über die Aufzucht und Pflege von Milchziegen, Helmut eine Flasche edlen Cognac, und Rüdiger bekam Boxershorts mit ziemlich unzüchtigen Nikoläusen drauf. Er war entzückt. So ein poppiges Geschenk hätte er seiner alten Tante nicht zugetraut.

Nach den Feiertagen verabschiedete ich mich von meiner Familie und fuhr heim. Ich hatte genug vom Landleben. Ingrid hatte mich mehrmals mit Gewalt davon abhalten müssen, ihrem krähenden Gockel Igor den Hals umzudrehen. Auch das Misten und Füttern von Nutztieren ist auf Dauer nicht mein Ding. Außerdem stocherte Ingrid beharrlich in meiner Psyche herum. Selber so zugeknöpft, aber andere Leute aushorchen wollen!

Ob ich noch an Gregor hinge? – Nein.

Ob ich denn mal einen netten Mann kennengelernt hätte? – Ja.

Und? – Weiß nicht. Kein Interesse.

Ob ich mal daran gedacht hätte, in Therapie zu gehen? – Nein. Warum?

Kurzum, Ingrid ging mir gehörig auf den Wecker. Sie war gekränkt, als ich ihr das unverblümt mitteilte.

»Ich will dir ja nur helfen«, sagte sie. »Es ist unnatürlich, wie du dich abkapselst. Eine junge Frau wie du braucht einen Mann.«

»Soll ich mich dir zuliebe irgendeinem Kerl an den Hals schmeißen, für den ich nichts übrig habe?« fragte ich gereizt.

»Du solltest dich fragen, warum du dich nicht verliebst«, sagte Ingrid.

Das saß.

Hatte ich etwa einen Knacks? Als Teenager war ich jede Woche in einen anderen verknallt gewesen. Und jetzt? Thomas und Bernt waren mir nicht mal ein kleines Herzflimmern wert gewesen. Lag das an mir oder an ihnen?

Zu Hause angekommen, stürzte ich mich als erstes auf meine Post. Vier Weihnachtskarten. Eine von Bernt (Club Phoenix), eine von Marlies, der Languste (ebenfalls Club Phoenix), eine von Roberto und Ricardo, die in Gregors ehemaligem Domizil sicher das rosigste Weihnachten aller Zeiten verlebt hatten, und eine von meiner Freundin Angelika. Keine schlechte Ausbeute, wenn man bedachte, daß ich in diesem Jahr keine einzige Weihnachtskarte verschickt hatte. Sabines Einladung zur Hochzeit war auch eingetrudelt.

Ich rief Gregor an. Wann ich denn Lazarus abholen könne? Und ob er sich anständig betragen habe?

»Es ging so«, meinte Gregor. »Er hat Franziska zweimal gekratzt, als sie eine Festhalte-Therapie mit ihm versuchen wollte. Du kannst ihn gleich abholen, ich bin zu Hause.«

Gregor trug Jeans und ein kariertes Flanellhemd und war unrasiert. Ein Krimi von Raymond Chandler, ein angebissener Apfel, eine Tafel Schokolade, ein voller Aschenbecher und eine Kanne Kaffee tummelten sich auf dem schwarzen Couchtisch. Lazarus lag zusammengerollt auf Gregors achtlos hingeknalltem Kaschmirpulli und schnurrte.

»Setz dich doch«, sagte Gregor und fegte ein paar Sportzeitschriften vom Sessel. »Kaffee?«

»Gern. Wo ist denn Franziska?«

»Macht Skiurlaub mit ihren Eltern«, sagte Gregor. Er überlegte einen Moment, dann setzte er hinzu: »Manchmal habe ich das Gefühl, ich bin zu alt für sie. Aber komm, laß uns von dir reden. Wie geht es dir, ich meine, wirklich? Bist du mit jemandem zusammen?«

»Nein«, antwortete ich wahrheitsgemäß. »Und es geht mir gut, wirklich. Die Arbeit macht mir Spaß.«

»Komisch«, sagte Gregor. »Ich hätte nie gedacht, daß du so allein leben kannst.«

»Und ich hätte nie gedacht, daß jemand, der so frei sein will wie du, von einer Beziehung in die nächste taumelt«, sagte ich.

»Müssen wir davon anfangen?« bat Gregor. »Schau, Thea. Ich bin jetzt vierzig. Ich brauche Raum zum Wachsen, Zeit, herauszufinden, wer ich bin und was ich will. Was wichtig ist im Leben. Verstehst du das nicht?«

Und dazu brauchst du zwei Pflaumen wie Gina und Franziska, dachte ich. Ich bin gespannt, was du als nächstes anschleppst.

Nun ja, es ging mich nichts mehr an.

»Ich muß los«, sagte ich.

Gregor stand auf. »Vielleicht können wir ein anderes Mal über alles reden.«

»Ich wüßte nicht, was es zu reden gibt. Du hast dich für die große Freiheit Nummer sieben entschieden. Ich wünsche dir Glück.«

Er legte den Arm um meine Schultern. »Ich dir auch. Das weißt du.«

Einen Augenblick fühlte ich, wie mein Schneckenhaus von mir glitt. O nein, dachte ich, und krabbelte hastig wieder hinein.

Zur Feier unseres Wiedersehens kredenzte ich Lazarus gekochten Fisch. Er war entzückt und bewies seine Dankbarkeit damit, daß er den ganzen Abend nicht von meinem Schoß wich.

Ich heulte in seinen schwarzen Pelz und stand nur auf, um mir ein weiteres Glas Wein zu holen.

Ich hatte das, was mein seliger Vater auf gut rheinisch als das »Arme Dier« zu bezeichnen pflegte. Das heulende Elend also. Ich fühlte mich einsam, von allen verlassen, ungeliebt, unglücklich, alt und mutlos. Das Leben rauschte an mir vorbei. Ich dachte an Gregors Worte. Was war im Leben wirklich wichtig? Liebe? Erfolg? Sex? Geld? Kinder? Etwas anderes, und wenn ja, was?

Mitten in der zweiten Flasche Wein hatte ich eine Vision. Vor mir stand Ingrid, in Kopftuch und Gummistiefeln, in einer Hand den Eimer mit Hühnerfutter. Ihre Lieblinge scharrten und gackerten zu ihren Füßen. Laut wie Donnerhall rief sie mir zu: »Was du brauchst, ist ein Mann!«

Am nächsten Morgen faßte ich mit brummendem Schädel einen Entschluß. Ich würde Silvester nicht mit Lazarus und zwei Flaschen Wein dahinvegetieren. O nein! Ich würde das neue Jahr stilvoll einläuten, mit vielen netten Leuten und einem leckeren Büffet.

Ich rief Sabine im Büro an.

»Ich wollte Wiedemann und dich zu meiner großen Silvesterparty einladen«, sagte ich.

»Sag nicht Wiedemann«, mahnte Sabine. »Er heißt Wilhelm.«

»Also Wilhelm und dich. Hast du Lust?«

»Klar habe ich Lust. Du hast übrigens Glück, denn Mutter Wiedemann hat anonym eine Karte für das große Silvesterkonzert der Philharmoniker zugeschickt bekommen und kann deshalb leider nicht mit uns feiern. Wilhelm war ein bißchen geknickt, aber die Philharmoniker sind Mutters ein und alles, und da sagte ich zu Wilhelm, Wilhelm, du mußt Verständnis haben. Jetzt rätseln Mutter und Wilhelm, wer die Karte geschickt hat. Mutter schwört Stein und Bein, es kann nur der alte Herr Schneider von gegenüber gewesen sein. Sie sagt, er verehrt sie seit zwanzig Jahren aus der Ferne.« Sabine brach in schallendes Gelächter aus.

»Sabine«, sagte ich. »Das mit der Karte warst doch du!«

»Na ja«, gab sie zu. »Ich hab zwei Karten geschenkt bekommen. Und da dachte ich . . . außerdem tu ich ihr damit wirklich was Gutes. Sie ist völlig aus dem Häuschen, hat sich zum ersten Mal seit zehn Jahren ein neues Kleid gekauft und rechnet damit, daß Herr Schneider im Foyer mit einem Strauß roter Rosen auftaucht. Vielleicht sollte ich ihm die zweite Karte zuschicken?«

Ich rief Thomas in seinem Büro in Köln an. Nein, Ruth und er hätten Silvester noch nichts vor und kämen gerne.

Ruth?

»Ruth und ich sind seit ein paar Wochen zusammen.« Er klang kein bißchen verlegen.

»Und das Zölibat?« erkundigte ich mich.

»Ach Thea, diesmal ist es die ganz große Liebe!« rief er. »Wir sind wahnsinnig glücklich!«

»Freut mich«, brachte ich heraus.

Alle Welt war glücklich, nur ich nicht. So was ist schwer auszuhalten.

»Weißt du was?« sagte Thomas. »Ich bringe Knut mit. Ist ein guter Freund von mir, frisch geschieden. Seine Frau hat sich fürs Zölibat entschieden. Der Arme hat ein bißchen Spaß nötig. Ja?«

Der gute Thomas.

»Gern. Ihr könnt bei mir übernachten. Euer Knut muß allerdings einen Schlafsack mitbringen.«

»Kein Problem«, tönte Thomas.

Ich rief Melanie an.

»Du hast Glück!« rief sie. »Meine Schwiegereltern sind zu Besuch und können auf die Kinder aufpassen. Du, das finde ich toll, daß du uns einlädst. Klaus und ich waren seit Ewigkeiten nicht mehr zusammen aus. Die Kinder, weißt du, Babysitter sind so teuer.«

Auch Angelika hatte noch nichts vor. Sie wollte einen Salat und ihre neue Freundin mitbringen, mit der sie seit einiger Zeit zusammenwohnte.

Ich rief Ricardo im Salon an.

»Bella Thea!« krähte er. »So lange haben wir nichts von dir gehört! Wie geht es dir? Stell dir vor, wir haben diese entzückende Wohnung von Gregor übernommen. Einfach traumhaft. Du mußt uns unbedingt besuchen!«

Ricardo heißt bürgerlich Ricki Schlotnagel und stammt aus Kruft in der Eifel. Er und Roberto, sein Freund, sind die Schickimicki-Frisöre in unserer Stadt und handwerklich allererste Sahne.

Auf ihre erfrischende Art schwören Ricardo und Roberto – alias Robby Bratfisch aus Herborn in Hessen – Stein und Bein, daß sie ihren Erfolg weniger dem artistischen Umgang mit Schere und Fön verdanken, sondern ihrem italienischen Charme, den sie sich irgendwann einmal zugelegt haben.

»Habt ihr Silvester schon was vor, Ricardo?« erkundigte ich mich. Ich hoffte nicht. Die zwei bringen mit ihren Sprüchen selbst die lahmste Party in Schwung. Man sollte sie Marina empfehlen, auf deren Partys spätestens um elf jeder im Sitzen schläft. Nicht, daß Marina die beiden je eingeladen hätte. Die Haare läßt sie sich von niemand anderem als Roberto machen (Er ist einfach der Beste weit und breit, meine Liebe!), aber privat will sie um Gottes willen nichts mit ihnen zu tun haben. Das andere Ufer, auf dem die beiden wandeln, ist ihr zu schlüpfrig.

»Cara mia, du hast Glück!« schrie Ricardo. »Wir waren anderweitig engagiert, aber der Gastgeber ist krank geworden.«

»Und bringt noch ein paar Leute mit, ja? Es soll ein richtig großes Fest werden.«

»Kein Problem«, verkündete Ricardo. »Ich kenn da ein paar Super-Heteros. Solo.«

Genau das, was ich brauche, Ricardo.

Im Geiste durchwühlte ich meinen Kleiderschrank. Vergebliche Liebesmüh. Die Haare waren auch eine Katastrophe. Ich griff wieder zum Hörer. Er war noch schön warm von meiner Telefonorgie.

»Roberto«, sagte ich.

»Thea! Ricardo hat mir schon berichtet, daß wir Silvester zusammen feiern. Ich freue mich!«

Wie nett die beiden doch waren. Und eine Weihnachtskarte hatten sie mir auch geschickt.

»Ich freue mich auch. Aber ich sehe aus wie ein Mob.«

»Morgen früh um acht zum Schneiden?«

»Gern. Und eine Modeberatung, bitte.«

Roberto hat einen unfehlbaren Geschmack, was Klamotten angeht. In bezug auf Wohnungen war ich mir nicht mehr so sicher.

Am nächsten Morgen saß ich in einem knallrot gepolsterten Drehstuhl und trank eine Tasse Kaffee, während Roberto mich in die Mangel nahm.

»Eine kleine Tönung, cara?« fragte er.

Ich mochte die Art, wie er das R rollte. Es klang zwar mehr amerikanisch als italienisch, war in Wirklichkeit aber original Herborner Platt, wie er mir versichert hatte.

»Na gut. Ich vertrau dir.«

Ich betrachtete die bunte Leuchtschlange an der Decke. Sie, die Mickymaus-Telefone und die roten Stühle waren die einzigen Farbkleckse in Robertos ansonsten ganz in Schwarz und Spiegel gehaltenem Salon in der vornehmen Gutefried-Straße. Roberto und seine Crew hüpften farbharmonisch in schwarzen Overalls aus Fallschirmseide herum.

Ricardos Geschäft war dieses Jahr eine Symphonie in Blau. Hellblaue Wände, dunkelblaue Stühle, nachtblaue Decke. Das Team trug vergißmeinnichtblaue Bermudas mit hellblauen T-Shirts, auf denen die Aufschrift *Love you, R & R!* prangte.

»Und jetzt zu deinem Outfit«, sagte Roberto, während er an meinen Haaren schnippelte. »Ich sehe dich extravagant und ungeheuer sexy.«

Ich war entzückt. »Und dabei habe ich mich immer für einen sportlichen Typ gehalten!«

Roberto sah mich aus seinen langbewimperten blauen Augen an (ich hatte den Verdacht, daß er die Wimpern tuschte) und sagte fest: »Sehr extravagant, sehr sexy. Wenn ich mit dir fertig bin.«

Wenn ich je ein zweifelhaftes Kompliment gehört hatte, dann dieses.

»Du brauchst ein schwarzes Kleid«, fuhr Roberto fort. »Ein ganz, ganz schlichtes schwarzes Kleid. Hauteng. Mit tiefem Dekolleté und Schlitzen.«

»Ich habe zuviel Busen«, protestierte ich.

»In ein Kleid mit tiefem Ausschnitt muß Busen rein!« rief Roberto so laut, daß eine magere Blondine im Stuhl neben mir erschrocken zusammenzuckte. »Dazu ganz, ganz hochhackige Schuhe. Schwarze Seidenstrümpfe. Und Strapse. Raffiniertes Make-up. Dunkelroter Lippenstift. Sehr helle Foundation, schwarzer Kohlestrich ums Auge, Wimpern nur oben mindestens dreimal tuschen.«

»Das klingt nuttig.«

Roberto war empört. »Nuttig!« schrie er. »Nuttig, sagt sie! Das ist extravagant und sexy.«

Ich sah ihn zweifelnd an.

»An dir jedenfalls«, gab er zu. »Du könntest einfach nie nuttig aussehen.«

»Danke. Ich vermute, du willst damit andeuten, daß ich keinen Sexappeal habe?«

»Süße«, meinte er sachlich. »Wie um Himmels willen soll ich das beurteilen können?«

Wo er recht hatte, hatte er recht. Jetzt gab es nur noch ein klitzekleines Problem.

»Und wo soll ich dieses Wunder von einem Kleid herkriegen, so auf die Schnelle?«

Roberto legte die Schere weg und verschwand in seinem Büro. Als er wieder hervorkam, trug er ein sehr kurz und sehr eng aussehendes Kleid aus schwarzem Seidenjersey an einem Kleiderbügel über dem Arm.

»Da komme ich nie rein«, sagte ich.

»Du trägst doch Größe achtunddreißig, oder?«

»Schon, aber die größte achtunddreißig, die ich finden kann.«

»Es soll eng sein, cara«, seufzte Roberto. »Das ist der Sinn der Sache, verstehst du? Männer mögen so was, glaub mir. Mit Männern kenne ich mich aus.«

»Wo hast du das überhaupt her?«

»LouLou's«, sagte Roberto stolz. »Karlchen ist ein guter Kumpel von mir. Ich bin gestern abend noch bei ihm vorbeigefahren und hab mir seine Collection angesehen.« Er strahlte wie ein Kind. Ich war gerührt.

»Das war furchtbar lieb von dir«, sagte ich leise.

»Ach, du hast ein bißchen Spaß verdient.« Ich zog mich in Robertos Büro um.

»Cara!« schrie er. »Du bist ein Traum! Natürlich«, meinte er mit einem Blick nach unten, »brauchst du hohe Absätze, das streckt. Und schwarze Seidenstrümpfe. Und bitte, rasier dir um Gottes willen wieder mal die Beine!«

Ich nahm das Kleid, auch wenn ich nach einem Blick auf das Preisschild beinahe ohnmächtig wurde. Roberto klopfte mir besorgt auf den Rücken.

»Zehn Prozent gehen ab, weil du es bist«, versicherte er mir.

»Ich regle das mit Karlchen.«

Der Preis war immer noch schwindelerregend, aber ich überlegte, daß ich das Kleid mit einem verhüllenden Tuch oben herum auch zu Sabines Hochzeit anziehen konnte. Ob man die Schlitze zunähen konnte?

5

Am letzten Tag des Jahres schlief ich lange. Es war zehn Uhr, als ich Lazarus von meinem Bauch runterschubste, zum Fenster tappte und den Rolladen hochzog. Beim Anblick der geschlossenen Schneedecke und der wirbelnden weißen Flocken traf mich fast der Schlag. Was sollte ich bloß mit meinen Vorräten machen, wenn meine Gäste mich aufgrund der Unbilden des Wetters im Stich ließen?

Es klingelte. Ich lief im Bademantel die Treppe runter und öffnete. Es war ein pickliger Jüngling, der im Auftrag der Metzgerei Kassler und Würstchen lieferte. Ich wies ihm den Weg zur Speisekammer. Der Jüngling schleppte. Als er fertig war, drückte ich ihm fünf Mark in die Hand und ging in die Küche, um endlich Kaffee zu kochen. Weit kam ich nicht. Es klingelte. Ich wies dem Getränkehändler den Weg in den Keller. Hatte ich wirklich diese Unmengen an Sprudel, Bier, Wein und Sekt bestellt?

Gedankenverloren trank ich meinen Kaffee und überlegte, was ich alles vergessen hatte. Es fiel mir nichts ein. Ermutigt schlüpfte ich in Jeans und Sweatshirt, staubsaugte, putzte, bezog das französische Bett im Gästezimmer, hängte frische Handtücher ins Gästeklo, spülte Gläser und was man sonst noch so macht, wenn man Gäste erwartet. Ab und an spähte ich aus dem Fenster. Es schneite und schneite. Ich schaltete das Radio ein.

»Starke Schneefälle« wurden gemeldet. Um das festzustellen, brauchte ich keinen Wetterbericht.

Um acht saß ich geschniegelt und gestriegelt in meinem neuen Outfit da und wartete auf meine Gäste. Um halb neun war ich den Tränen nahe. Um neun klingelte es Sturm. Im Schneegestöber konnte ich drei dick vermummte Gestalten ausmachen.

»Oh, Verzeihung!« murmelte Thomas und blinzelte. »Ich dachte, hier wohnt Frau Voss?«

»Guten Abend!«

Thomas riß die Augen in ungläubigem Staunen auf.

»Bist du das, Thea? Ich hab dich doch glatt nicht erkannt.« Die drei Schneemänner tappten hinter mir in den Flur und schälten sich aus ihrer Vermummung.

»Das ist Ruth«, sagte Thomas.

Ruth lächelte mich an und zeigte dabei beneidenswert weiße, gleichmäßige Zähne.

»Und das«, setzte Thomas die Vorstellung fort, »ist mein guter Freund Knut.«

Knut hatte sich aus seinem erbsensuppengrünen Dufflecoat gepellt und wickelte gerade ein schwarzes Ungetüm von Schal von seinem Hals. Er war mittelgroß, untersetzt, hatte eine Stirnglatze und dünnes rötliches Haar, das er zum Ausgleich hinten lang trug, einen Vollbart und eine runde Hornbrille, hinter der mich braune Spanielaugen schüchtern anblinzelten.

»Ich freue mich, Knut«, sagte ich.

»Vielen Dank für die Einladung«, erwiderte er artig.

Nach diesen Formalitäten versorgte ich meine ersten Gäste erst einmal mit flüssiger Stärkung.

Thomas, ein Glas Champagner in der Hand, musterte mich anerkennend von Kopf bis Fuß.

»Du siehst umwerfend aus, Thea«, sagte er dann.

»Es hat auch viel Mühe gekostet«, antwortete ich.

Knut schielte kurz in meinen Ausschnitt, dann schaute er verlegen zur Seite.

»Was trinkst du?« fragte ich ihn. Er hielt sich so bescheiden im Hintergrund, ich hatte ihn glatt vergessen.

»Ein Glas Rotwein, wenn du hast«, sagte er.

Immerhin hatte er eine sehr schöne, volle, weiche Stimme. Ich ließ ihn eine Flasche Rotwein öffnen.

Es klingelte. Es waren Melanie und Klaus.

»Nudelsalat«, sagte Melanie und überreichte die Schüssel wie eine Opfergabe.

»Zum Glück haben wir Vierradantrieb«, sagte Klaus. »Sonst hätten wir es nie bis zu dir geschafft.«

Er trug einen marineblauen Blazer und kamelhaarfarbene Hosen, Krawatte und in der Hand ein Aktenköfferchen.

Er sah meinen Blick und grinste fröhlich.

»Vielleicht komme ich nachher noch zum Arbeiten«, verkündete er. »Hab gleich in der ersten Kalenderwoche einen unheimlich wichtigen Deal. Mein Chef sagt, das kann er keinem außer mir anvertrauen.«

Melanie, die rot geworden war, lächelte steif und sagte: »Klaus kann einfach nicht abschalten.«

Klaus zog den Bauch ein (er hat ein ganz nettes Ränzchen) und erwiderte mit scharfem Unterton: »Opfer müssen gebracht werden, wenn man top ist, nicht wahr, Liebling?«

In diesem Augenblick schlitterte ein Taxi heran und entließ zwei in bodenlange Pelze gehüllte Gestalten.

Es handelte sich um Roberto und Ricardo, und außer

einem russischen Nudelsalat (mit Kaviar und rote Bete) und Champagner brachten sie auch einen Zwergaffen auf der Schulter mit. Offensichtlich hatten sie sich Mut antrinken müssen, um dem Wetter zu trotzen.

»Schämt euch«, sagte ich. »Die armen Wölfe.«

»Sieht unsere Thea nicht traumhaft aus, Schatz?« fragte Roberto Ricardo beifallheischend.

»Sie sticht dich aus«, bestätigte Ricardo.

Roberto kniff ihn strafend ins Hinterteil.

Jeder starrte Ricardo und Roberto an, worauf es die beiden natürlich anlegen, wenn sie ausgehen. Ricardo, der Flippigere von beiden, trug einen Overall aus Goldlamé. Jeder andere hätte tuntig in diesem Gewand ausgesehen, aber nicht Ricardo. Er hat ein so schönes, männliches Gesicht mit dunklem Teint, einer klassischen Nase und braunen Augen unter dichten schwarzen Locken, daß er noch im Flanellnachthemd meiner Großmutter Furore machen würde.

Roberto dagegen, makellos in einem nachtblauen Seidenanzug, mit weißem, offenem Hemd, das dichte blonde Haar streng zurückgekämmt, war das Understatement in Person. Ich wollte gerade mit den Vorstellungen beginnen, als es wieder klingelte. Angelika stand vor der Tür, neben ihr eine kleine, rundliche Person.

»Das ist Anna«, sagte Angelika.

Anna lächelte. »Ich habe griechischen Nudelsalat mitgebracht«, sagte sie. »Mit schwarzen Oliven.«

Sabine brachte auch Nudelsalat mit. Mit viel Knoblauch.

Wilhelm Wiedemann gab mir schüchtern die Hand und berichtete umständlich, wie sehr er sich freute, heute abend bei mir zu Gast zu sein, und daß sie wegen des Schnees ein Taxi genommen hätten und zurück ebenfalls eines benötigten. Ich versicherte ihm, daß ich über ein Telefon verfügte und somit zu gegebener Zeit eines bestellen könne. Er schien beruhigt und reichte mir widerspruchslos seinen Lodenmantel und die Karakulmütze mit Ohrenklappen. Darunter trug er einen korrekten grauen Anzug, ein hellgraues Hemd und eine graugemusterte Krawatte. Passend zu den schütteren grauen Haaren und den farblosen Augen hinter der grauen Hornbrille.

Sabine trug ein großzügig geschnittenes rotes Wollkleid.

»Ich kriege meine Röcke schon nicht mehr zu«, verkündete sie stolz.

Wilhelm legte den Arm um sie und sah sie dabei so innig an, daß er mir schon besser gefiel. Vielleicht war er doch nicht so mausegrau, wie er aussah.

Im Wohnzimmer stürzte sich Ricardo auf mich wie ein Habicht.

»Wann gibt es was zu essen, cara?«

»Sofort.«

Ricardo folgte mir in die Küche.

»Würstchen«, stellte er mit einem Blick in den Kochtopf auf dem Herd fest. »Kassler, tststs. Schweinefleisch ist ja soo ungesund. Ist das Obstsalat? Aus der Dose, sieht man schon von weitem. Und was gibt's noch? Halt, laß mich raten ...«

»Richtig. Nudelsalat. Warum habt ihr eigentlich nicht noch ein paar Leute mitgebracht?«

»Die, die noch nichts vorhatten, konnten wir nicht mal dir zumuten.«

Sabine thronte zwischen Wilhelm und Melanie auf

dem Sofa. Wilhelm hatte den Arm um sie gelegt und himmelte sie stumm an. Zum Reden kam er nicht, denn Melanie und Sabine gackerten wie zwei Glucken.

»Die Lamaze-Methode kann ich empfehlen«, erklärte Melanie gerade mit hochroten Wangen. Endlich interessierte sich mal jemand für das, was sie zu sagen hatte! »Sie bezieht den Partner mit ein, verstehst du. Wilhelm will doch sicher bei der Geburt dabeisein?«

Wilhelm sah nicht begeistert drein, aber Sabine sagte: »Natürlich will er das. Er weiß, wie wichtig das Bonding zwischen Vater und Kind von der ersten Sekunde an ist.«

»Klaus ist leider umgekippt«, meldete Melanie bekümmert. »Bei Anna-Lena und bei Sebastian-Patrick. Das viele Blut, weißt du.«

Wilhelm wurde grün um die Nase und rückte von Sabine ab. »Wilhelm schafft das mit links, nicht wahr, Schatz?« sagte Sabine.

Thomas und Ricardo unterhielten sich vor dem Kamin über Stereoanlagen. Ein Stück weiter weg standen Roberto und Klaus. Roberto trat von einem Bein aufs andere und suchte sichtlich nach einem Vorwand, um sich Klaus' Redefluß zu entziehen.

»Eine solide Unternehmensberatung ist in Ihrer Branche das A und O. Sehen Sie, ich bin Spezialist. Ich habe . . .«

Anna, deren Kaftan üppige Rundungen nur unzureichend tarnte, saß neben Angelika und unterhielt sich mit Ruth über die Frauenbewegung. Ich holte mir ein Glas Wein und setzte mich dazu.

»Natürlich werden Angelika und ich diskriminiert«, erzählte sie der gebannt lauschenden Ruth. »Das größte

Problem sind die Männer. Eine Frau, die Frauen liebt, kann nicht durch den Mann unterdrückt und beherrscht werden, verstehst du. Deshalb sehen sich die Männer in ihrem Machtanspruch gefährdet und reagieren feindselig. Aber die Frauenbewegung hilft uns, uns innerhalb der Gesellschaft zu verwirklichen.«

Ruth nickte ernst.

»Wie findest du Anna?« flüsterte mir Angelika ins Ohr.

»Sie macht einen sympathischen Eindruck«, sagte ich vorsichtig. Angelika zog die Augenbrauen hoch. »Intelligent sieht sie auch aus«, fügte ich hastig hinzu.

Angelika schätzt Intelligenz über alles. Deshalb lebt sie seit ein paar Jahren mit Frauen.

»Fährst du immer noch auf Männer ab?« fragte sie und trank einen Schluck Rotwein.

»Im Moment fahre ich auf niemanden ab. Ich fühle mich irgendwie geschlechtslos.«

Angelika nickte. »Das hast du diesem Scheißkerl Gregor zu verdanken. Ich konnte ihn noch nie leiden. Warum kommst du nicht mal in unsere Selbsterfahrungsgruppe? Wir arbeiten dort Probleme mit unserer Weiblichkeit in einer von Männern dominierten Gesellschaft auf. Freitagabend von fünf bis zwölf.«

»So lange?« staunte ich.

»Es braucht seine Zeit, bis wir unsere Aggressionen herausgelassen haben. Jede von uns steht ja tagtäglich unter einem ungeheuren Druck, muß ihr wahres Ich verleugnen. In der Gruppe bekennen wir uns zu unseren negativen Gefühlen. Das ist ungeheuer befreiend, weißt du.«

»Wie, äh, ich meine, wie läuft das denn so?«

»Wir schreien«, erklärte Angelika gelassen »Wir trampeln. Wir bearbeiten einen Sandsack mit Boxhandschuhen. Wir wälzen uns auf dem Boden. Es kommt darauf an, wie intensiv und welcher Art die negativen Gefühle sind, die sich angestaut haben.«

Vor meinem geistigen Auge erschien eine Horde Frauen, die kreischend aufeinander einprügelten. Oder brachten sie zu diesem Zweck ein Männchen mit?

»Komm doch nächsten Freitag«, drängte Angelika. »Du wirst sehen, mit Hilfe der Gruppe findest du zu dem verschütteten Quell deiner Weiblichkeit.«

»Ich mag mich nicht festlegen.«

»Ruf mich an, wenn du es dir anders überlegst«, sagte Angelika. »Dieser Typ da, der mit dem Bart. Wie heißt er doch noch gleich?«

»Knut?«

»Ja, Knut. Widerlich, wie der deine Brüste und deine Beine beglubscht.«

Ich schielte zu Knut, der mit Klaus vor dem CD-Player stand und Disks sortierte.

»Er glotzt doch gar nicht«, sagte ich.

»Aber eben hat er. Ekelhaft, diese Kerle.«

Sie strich Anna über das lockige blonde Haar. Anna strahlte Angelika an und meinte: »Ruth möchte am Freitag in der Gruppe mitmachen.«

Ich war abgemeldet. Gegen ein potentielles Gruppenmitglied, das beim Schreien und Wälzen helfen würde, konnte ich nicht anstinken.

Ein bißchen traurig überlegte ich, daß Angelika und ich uns fremd geworden waren. Wie Gregor machte sie ihr Ding allein und ließ mich mit leeren Händen zurück. Aber ich wollte heute abend nicht an Gregor denken.

»Es ist gleich zwölf«, sagte ich zu Knut. »Musik aus und Glotze an, okay?«

Knut schielte kurz in meinen Ausschnitt (hatte Angelika doch recht) und schaute dann schnell weg. Nun ja, angesichts seiner persönlichen Situation hatte er vielleicht Nachholbedarf.

Ich ging in die Küche, um ein Tablett mit Sektgläsern zu richten. Sabine kam hinterher und pickte mit den Fingern am Fleisch herum.

»Hol dir gefälligst einen Teller!«

Sabines Finger zuckten schuldbewußt zurück. Folgsam belud sie einen Teller mit Nudelsalat.

»Du hast genau fünf Minuten Zeit«, sagte ich.

Sie vertilgte ihre Portion mit drei Bissen.

»Ich bin immer so hungrig«, murmelte sie. »Ich habe schon zehn Pfund zugenommen. Mein Gyno bringt mich um.«

»Fünf, vier, drei, zwei, eins, null. Frohes neues Jahr!«

Ricardo küßte Roberto, Melanie küßte Klaus, Angelika küßte Anna, Thomas küßte Ruth, Wilhelm küßte Sabine, und so blieb für den ersten Kuß im neuen Jahr für mich nur Knut. War das Schicksal?

Danach küßte jeder jeden, und wir rannten auf die Terrasse, um dem Feuerwerk zuzusehen. Roberto zog ein Päckchen Knallfrösche aus der Rocktasche und mischte mit. Wir anderen oohten und aahten, wenn eine besonders schöne Rakete den Nachthimmel erhellte, und schlotterten, weil sich niemand die Mühe gemacht hatte, einen Mantel anzuziehen. Ich schlotterte am meisten, weil ich am wenigsten anhatte. Plötzlich legten sich zwei Arme von hinten um meine Schultern. Ein Bart kitzelte mich am Nacken.

»Du mußt doch frieren in dem Kleid«, sagte Knut.

Statt einer Antwort drückte ich mich fester an ihn. Sein Körper war solide und warm. Was will man mehr in einer kalten Nacht?

Und dann ging die Party richtig los. Meine Gäste soffen wie die Löcher (bis auf Sabine). Gegen halb zwei tanzten wir Polonaise durchs ganze Haus. Als wir wieder unten im Flur waren, sah ich Anna und Angelika, die auf dem Treppenabsatz standen und sich umarmten. Angelika so groß und mager, Anna klein und rund in ihrem Kaftan. Es sah aus, als würde sich Angelika an Annas tröstlicher Fülle festhalten. Melanie und Klaus waren verschwunden. Sollten sie die Gunst der Stunde (endlich ohne Kinder!) genutzt haben?

Um halb fünf klingelte es Sturm. Ich löste mich von Knut, der nicht übel küßte, und ging zur Tür. Eine hochgewachsene Gestalt lehnte im Türrahmen, umklammerte eine Champagnerflasche und nuschelte: »Wollte dir frohes neues Jahr wünschen.«

Die Gestalt schwankte nach vorn und plazierte einen champagnerduftenden Kuß auf mein Ohr.

»Frohes neues Jahr, Gregor«, sagte ich.

Immer noch die Champagnerflasche an die Brust gedrückt, ließ er sich in den Sessel plumpsen. Knut konnte sich gerade noch retten, sonst wäre er platt gewalzt worden.

»Frohes neues Jahr allerseits!« sagte Gregor laut. »Warum ist es so dunkel hier?«

Ich sorgte für etwas mehr Licht und musterte ihn. Seine Augen waren blutunterlaufen, die Smokingfliege hing schief, das helle Haar fiel ihm wirr in die Stirn. Er war so sturzbesoffen, wie ich ihn noch nie erlebt hatte.

»Wo kommst du her in diesem Zustand?«

»Tatatatita! Konzert der Philharmonika!« Er kicherte albern. »Dann Künstlerball mit Franziska.« Er schniefte. »Franziska ist böse auf mich. Sagt, ich hab – hicks ... mich besoffen. Stimmt auch.« Er drückte mir die Schampusflasche in die Hand. »Gib mir ein Glas.«

»Ich mach das schon«, sagte Knut.

»Koch Kaffee«, zischte ich ihm zu. »Dreifachstark, Kaffeepulver ist in der Keramikdose.«

Gregor sackte in sich zusammen und blinzelte wie eine Schildkröte.

»Franziska wollte heim. Ich hab gesagt, ich muß Thea frohes neues Jahr wünschen. Freust du dich?«

»Unheimlich«, sagte ich kalt.

Die Stimmung war hinüber.

»Kaffee kommt gleich«, rief Knut aus der Küche.

Wie auf Kommando kippte Gregor zur Seite und fing an zu schnarchen.

Meine Gäste waren gegangen. Bis auf Thomas, Ruth und Knut, die bei mir schlafen sollten, und die Champagnerleiche Gregor.

»Was machen wir mit ihm?« fragte ich die anderen.

»Wer ist der Kerl überhaupt?« fragte Knut kühl.

»Das würde mich auch mal interessieren«, sagte Ruth. »Er sieht aus wie ein englischer Lord.«

»Das ist Theas Ex«, berichtete Thomas grinsend.

Ich holte eine Wolldecke und schob Gregor ein Sofakissen unter den Kopf. Er schnarchte weiter.

Wir klappten ein Fenster, drehten die Heizung runter und ließen Gregor mit seinem Gorilla allein. Thomas und Ruth zogen sich ins Gästezimmer zurück.

Knut massierte meine Schultern.

»Du bist ganz verspannt«, murmelte er. Sein Bart kitzelte meinen Hals. »Du brauchst jemanden, der sich um dich kümmert.«

Ich schloß die Augen und sank in seine Arme.

»Armer Schatz«, sagte er zärtlich. »Du bist müde.«

»Das Schlafzimmer ist oben«, sagte ich.

Knut packte zu.

»Laß mich runter, ich bin zu schwer.«

»Leicht wie eine Feder«, ächzte er.

Es brach ihm zwar fast das Rückgrat, aber er schleppte mich die Treppe hoch und deponierte mich auf dem Bett. Ich spürte, wie mir jemand das Kleid, die Schuhe und die Strumpfhose auszog. Und die Ohrringe. Ich kriegte auch noch mit, daß mich jemand zudeckte. Dann war ich eingeschlafen.

Ich wurde wach, weil ich dringend aufs Klo mußte. Außerdem brummte mir der Schädel. Ich wankte ins Bad, tastete im Schrank nach Aspirin und putzte mir zweimal die Zähne. Dann zog ich meinen Bademantel an, schleppte mich zurück ins Schlafzimmer und ließ mich bäuchlings aufs Bett fallen.

Ich wurde davon wach, daß mir jemand über die Haare strich.

»Guten Morgen, mein Schatz«, hörte ich Knuts weiche Stimme. »Frühstück.«

»Kaffee, Orangensaft, Toast, Eier mit Speck, Marmelade, eine rote Rose«, zählte ich ungläubig auf. »Wo hast du die Rose her?«

»Ich bin kurz zum Bahnhof gefahren«, sagte Knut und lächelte mich liebevoll an.

»Du bist einfach perfekt«, sagte ich.

Er widersprach nicht. Bis auf die Rose aß ich alles auf. »Geht's dir jetzt besser?« erkundigte sich Knut.

»Hmm ... ja. Sag mal, hast du – ich meine, haben wir ...?« Er lachte. »Nein, haben wir nicht. Du hast geschlafen wie eine Tote.«

Ich streckte die Arme nach ihm aus. Zölibat ade.

»Jetzt bin ich wach.«

Er kroch gehorsam wie ein Lamm unter meine Decke.

»Willst du dich nicht ausziehen?« murmelte ich.

»Äh, mein Therapeut meint, daß ich noch einige Zeit brauchen werde, bis ich meine sexuellen Schwierigkeiten aufgearbeitet habe. Ich soll nicht versuchen, irgendwas zu erzwingen.« Ich seufzte.

»Mach den Bademantel auf und dreh dich auf den Bauch«, befahl Knut. »Mein Therapeut sagt, Massage öffnet dir Körper und Seele eines anderen Menschen und schafft die Basis für ein vertrauensvolles Miteinander.«

Er machte es gut. Während er meinen Rücken bearbeitete, redete er. Ob ich immer so verspannt wäre? Wie ich die Scheidung verkraftet hätte? Ob ich in Therapie sei?

»Sag mal, was bist du eigentlich von Beruf?«

»Lehrer«, murmelte er. »Mathe und Physik.«

Danach war er nicht mehr aufzuhalten. Er breitete sein ganzes Leben vor mir aus. Seine Schwierigkeiten mit Frauen. Seine Männergruppe, in die er regelmäßig ging, um seine Schwierigkeiten mit Männern aufzuarbeiten. Er berichtete von seinem Therapeuten, mit dem er seine verkorkste Kindheit aufarbeitete, um zu den Wurzeln seiner sexuellen Probleme zu gelangen. Er gestand, daß er sich auf den ersten Blick in mich verliebt hätte.

Ich mußte eingeschlafen sein, denn als ich das nächste Mal die Augen aufmachte, war es dämmrig. Knut redete immer noch.

»Marlies, hab ich gesagt, Marlies, das kannst du mir nicht antun. Du kannst mich doch nicht einfach verlassen! Komm, laß uns zur Eheberatung gehen. Nein, hat sie geschrien, ganz hysterisch, ich kann dich nicht mehr ertragen. Und von Sex habe ich die Nase gestrichen voll.«

Er holte tief Luft.

»Ja, das war's schon von mir. Ich bin kein Typ, der gern von sich redet, weißt du. Es ist mir nicht leichtgefallen, dir so viel von mir anzuvertrauen.«

Während ich mich anzog, machte Knut die Betten.

»Dein geschiedener Mann ist übrigens spurlos verschwunden«, berichtete er.

Dann erzählte er von seinen Schülern, mit denen er irre gut drauf war, wie er sich ausdrückte. Ich floh in die picobello aufgeräumte Küche, wo ich Thomas und Ruth antraf, die Kaffee tranken.

»Na, gut geschlafen?« fragte Thomas anzüglich.

»Prima«, sagte ich.

»Wo ist Knut?« wollte Ruth wissen.

»Macht die Betten.«

Ruth strahlte. »Ihr beide paßt hervorragend zueinander, finde ich.«

Sollte das heißen, ich brauchte einen Hausmann?

Knut deckte den Tisch fürs Abendessen. Dabei erzählte er von seinem besten Schüler, der einen Mathematikpreis gewonnen hatte. Dank Knuts unermüdlicher Förderung natürlich. Ich gähnte. Sofort stand er neben mir und streichelte mir besorgt übers Haar.

»Komm, leg dich hin, mein Schatz. Soll ich dir einen Tee machen?«

Man konnte noch nicht mal gähnen, ohne daß er es registrierte und interpretierte. So viel Aufmerksamkeit war ich nicht gewohnt. Plötzlich fiel mir etwas ein.

»Wo ist eigentlich Lazarus?«

»Ja, stimmt, wo ist er denn?« meinte Thomas.

Wir liefen laut »Lazarus« rufend durchs Haus.

»Ist er durch die Tür geschlüpft, als du heute morgen zum Bahnhof gefahren bist?« fragte ich Knut.

»Ich hab das Tierchen den ganzen Tag nicht gesehen«, beteuerte er.

Es blieb nur noch eine Möglichkeit.

Ich ging ins Arbeitszimmer, schloß die Tür hinter mir und wählte Gregors Nummer.

»Auf das Kidnappen von Katzen steht die Todesstrafe!« zischte ich.

Gregor klang kühl wie eine Gurke.

»Wir teilen uns das Sorgerecht, wenn du dich erinnerst.«

»Du hast kein Recht, ihn einfach mitzunehmen, ohne mir was zu sagen! Erst platzt du sturzbesoffen in meine Party, schnarchst in meinem Sessel, und dann entführst du den Kater! Das geht zu weit, Gregor.«

»Nur bis zum Wochenende, ja?«

»Aber mach so was bloß nie wieder«, fauchte ich und knallte den Hörer auf die Gabel.

Ich stand an der Tür und winkte Thomas' Range Rover nach (den Porsche hatte er wohl über den Winter eingemottet), der vorsichtig über die verschneite Straße davonrollte.

Am nächsten Wochenende sollte ich Knut in Köln besuchen. Neues Jahr, neuer Mann, dachte ich zufrieden.

6

Ich fuhr mit dem Zug nach Köln.

Die Aussicht auf ein Wiedersehen mit Knut bereitete mir weder Herzklopfen, noch fühlte ich die berühmten Schmetterlinge im Magen oder Klöße im Hals. Mit anderen Worten: Knut ließ mich ziemlich kalt.

Warum wollte ich also das Wochenende mit ihm verbringen? Dafür gab es tausend Gründe, und einer so wenig überzeugend wie der andere.

Weil mir zu Hause die Decke auf den Kopf fiel.

Weil ich mich langweilte.

Weil jeder, aber auch jeder, den ich kannte, glücklich in einer Zweierbeziehung steckte und ich mir langsam blöd vorkam, ewig allein rumzuhängen.

Nicht nur, daß ich mich wie der entbehrlichste Mensch der Welt fühlte (wenn ich von meiner eigenen Person mal absah: keiner liebt mich, nur ich liebe mich); ich wollte auch einen Begleitmann fürs Kino, fürs Theater, zum Essengehen, vielleicht für den Urlaub. Für all die Freuden des Lebens, die nur in Gesellschaft so richtig Spaß machen.

Meine Schwester Ingrid hatte recht. Ich brauchte einen Mann. Und dieser Mann war Knut – solide, fürsorglich, zärtlich (Sex ist nicht alles!).

Im Geiste sah ich mich schon »ja« vor dem Traualtar hauchen. Während der Zug in den Bahnhof einrollte, überlegte ich, wo die Hochzeitsreise hingehen sollte.

Vielleicht in eine nette Familienpension im Bayerischen Wald? Ich konnte mir Knut hervorragend im Bayerischen Wald vorstellen, wie er in seinem erbsensuppengrünen Dufflecoat durch den Forst stapfte und Eichhörnchen fütterte.

Meine Phantasie entgleiste so weit, daß ich meine sieben Monate alten Drillinge (sie waren Knut wie aus dem Gesicht geschnitten) abends bei Kerzenschein mit biologisch-dynamischem Spinat verwöhnte (den selbstverständlich Knut angebaut hatte).

Knut stand in seinem erbsensuppengrünen Dufflecoat am Bahnhof und begrüßte mich mit einem Kuß und einer roten Rose. Er sah genauso klein und unauffällig aus, wie ich ihn in Erinnerung hatte. Es ist gemein, so etwas über seinen künftigen Ehemann und den Vater seiner Drillinge zu sagen. Mein schlechtes Gewissen äußerte sich darin, daß ich ihn besonders zärtlich küßte.

Er hauchte in mein Ohr: »Ich hab dich so vermißt! Die letzten Tage waren eine Ewigkeit.«

Ich konnte seine Sehnsucht nicht so ganz verstehen. Immerhin hatte er täglich angerufen, um sich zu versichern, daß ich noch lebte.

Knuts Wohnung war ähnlich, wie ich sie mir vorgestellt hatte.

Viel hellbeiger Teppichboden, Ordnung, dunkelbraune Polstermöbel, eine Kieferschrankwand und ein Couchtisch aus massiver Kiefer, auf dem man bequem Fußball spielen konnte. Knut erklärte, daß seine Frau ihm die Möbel gelassen habe. Sie sei zurück ins Elternhaus gezogen und brauche sie nicht.

»Was ist deine Frau von Beruf?« fragte ich.

»Arzthelferin«, sagte Knut. »Sie hat die Ausbildung

bei ihrem Vater gemacht und bis zu unserer Heirat bei ihm in der Praxis gearbeitet. Er war froh, als sie zurückkam«, fügte er bitter hinzu.

Er ging zu einer kleinen Kommode aus Kiefernholz (ich fragte mich, aus welchem Material der Klodeckel in diesem Haushalt war) und zog ein Bild in einem Kiefernholzrahmen hervor.

»Das ist sie. Marlies.«

Das Bild zeigte eine Frau Mitte Dreißig mit schulterlangen dunkelblonden Haaren. Ihr rundes Gesicht wirkte kindlich ungeformt, und sie lächelte unsicher in die Kamera.

»Sie war so süß, so unschuldig«, seufzte Knut wehmütig. »Ich verstehe bis zum heutigen Tag nicht, warum sie mich verlassen hat.«

»Vielleicht gefällt es ihr bei ihren Eltern besser?« schlug ich vor.

Er sah mich erstaunt an. »Das hat mein Therapeut auch gesagt. Er meinte, Marlies scheine eine ungewöhnlich enge Bindung ans Elternhaus zu haben. Vielleicht . . .« Er seufzte wieder. »Wenn wir Kinder gehabt hätten . . . sie wollte so gerne welche. Deshalb hat sie nach unserer Heirat auch sofort aufgehört zu arbeiten. Sie hat immer gesagt, eine Mutter gehört zu ihren Kindern ins Haus. Süß, nicht wahr?«

Ich schwieg taktvoll.

Wir tranken Kaffee an Knuts Eßtisch (Eiche rustikal, Stühle mit rotgrün gestreiftem Acrylstoff überzogen) und aßen seinen selbstgebackenen Käsekuchen. Er schmeckte hervorragend, worauf ich noch vor dem ersten Bissen gewettet hätte. Knut erzählte, was er in den letzten Tagen alles erlebt hatte. Ein nervenzerfetzendes

Telefonat mit seiner Exfrau hatte ihn ganz, ganz betroffen zurückgelassen. Er mußte sich abends in seiner Männergruppe erholen, was natürlich auch kein Zuckerschlecken war, alldieweil es ihn mit tief verschütteten Emotionen konfrontierte.

Ich bemühte mich, seinen Ausführungen aufmerksam zu lauschen, aber meine Gedanken schweiften ab.

Vor meinem geistigen Auge erschienen Thea und Knut, zwanzig Jahre älter, an just diesem Eßtisch oder seinem Nachfolger. (Vielleicht aus Kiefer, damit er endlich zu der Schrankwand und dem Couchtisch paßte?) Knut ein bißchen dicker, noch ein bißchen kahler, mit grauem Bart, der ihm bis zu den Knien reichte. Er redete und redete immer noch über seine Probleme mit Frauen im allgemeinen und seiner Exfrau im besonderen, mit Sex, mit seiner verkorksten Kindheit und mit Männern und dem Leben überhaupt. Neben ihm auf dem Stuhl eine lebensgroße aufblasbare Puppe mit aufgemalten roten Haaren, die entfernt an Thea erinnerte und die ich ihm zum fünfzigsten Geburtstag geschenkt hatte. Stumm, geduldig, die ideale Gefährtin. Die echte Thea saß dieweil zähneknirschend im Arbeitszimmer, verschlang vor lauter Frust eine Tüte Kartoffelchips nach der anderen und tröstete sich damit, ein schönes, scharfes Brotmesser zu schleifen, das sie ihm irgendwann einmal in die Rippen stoßen wollte. Dann wären seine zahllosen Probleme ein für allemal gelöst.

Je länger Knut redete und mir dabei gleichzeitig die Schultern massierte oder übers Haar strich, desto deutlicher sah ich das Messer blinken.

Dabei war er unaufhörlich um mein Wohl besorgt. Er saß nicht nur da und schwätzte, er kochte auch erlesene

Menüs (bei geöffneter Küchentür, damit ich hören konnte, was er sagte), tischte köstliche Weine auf (ich trank zuviel), holte Zigaretten, machte einen Stadtbummel mit mir, ging mit mir ins Kino (dort mußte er gottlob den Mund halten), in die Kneipe, kurzum, er tat alles für mich.

Nur an erholsames Schweigen war nicht zu denken. Manchmal wollte er in meiner Psyche forschen. Das ging dann ungefähr so:

»Mein Schatz. Woran denkst du?«

»Och, an nichts Bestimmtes«, sagte ich unwahrheitsgemäß. Dabei überlegte ich, ob Knutchen eine laienhaft durchgeführte Resektion der Stimmbänder wohl überleben würde. Knut fuhr glücklich fort: »Es ist schön, einmal an nichts zu denken, nicht wahr? Das ist mir lange nicht gelungen. Genaugenommen nicht mehr, seit meine Frau mich verlassen hat . . .« Und so weiter.

Ich kam mir vor wie eine unbezahlte Therapeutin. Vielleicht sollte ich den Beruf wechseln?

Im Bett spielte sich überhaupt nichts ab. Außer Massagen natürlich. Sonntag war mein Rücken schon ganz wund. Und Knut ging mir so auf den Keks, daß ich ihm, hätte er wirklich etwas zustande gebracht, eins aufs Auge (oder ein sensibleres Teil) gehauen hätte.

Irgendwie drang das doch durch sein dickes Fell, denn er machte beim Frühstück verhältnismäßig wenig Worte. Er sprach von Heirat. Ich hing ermattet vor meinem Frühstücksei und dachte nur noch daran, daß mein Zug bald abfuhr und daß ich mich unbedingt zusammenreißen mußte, um ihm nicht doch noch das Brotmesser . . .

Dabei schämte ich mich für meine schäbigen Gedanken. Es hatte mich ja niemand gezwungen zu bleiben. Ich hätte ja schon viel früher heimfahren können. Oder ihm mal gründlich den Marsch blasen.

Aber das tat ich nicht, weil er so arglos war und alles in seiner Macht Stehende tat, um mich glücklich zu machen. Er verwöhnte und umsorgte mich, und für sein Dauergeschwätz konnte er nichts. Es gehörte zu ihm wie sein Vollbart und der erbsensuppengrüne Dufflecoat.

Zum ersten Mal dachte ich sehnsüchtig an Gregors eisernes Schweigen.

»Thea. Du hörst mir ja gar nicht zu, Liebes«, sagte Knut mit sanftem Vorwurf in der Stimme und streichelte meine Hand. »Ich habe gefragt, was du davon hältst, mich zu heiraten. Du könntest zu mir nach Köln ziehen, übersetzen kannst du doch auch hier. Wenn die Kinder kommen, suchen wir uns ein Häuschen im Grünen.«

»Und die Hochzeitsreise geht in den Bayerischen Wald?« fragte ich müde.

Er strahlte.

»Woher weißt du, daß ich so gern in den Bayerischen Wald fahre?«

»Ach, lassen wir das. Knut ... erstens: wir kennen uns kaum. Zweitens: ich möchte überhaupt nicht mehr heiraten. Und drittens liebe ich dich nicht. Ich bin noch nicht mal verliebt in dich.« Hier war brutale Ehrlichkeit angesagt.

Einen Augenblick wirkten seine Augen hinter der dicken Brille sehr jung und wehrlos.

»Das macht nichts. Ich liebe dich genug, daß es für uns beide reicht. Du brauchst dich auch nicht sofort zu entscheiden. Denk ganz in Ruhe drüber nach. Ich kann warten. Und was den Sex betrifft ...« Er schaute verlegen auf seinen Teller. »Mein Therapeut ist zuversichtlich, daß ich das mit einer Frau wie dir demnächst in den Griff kriege. Also steht Kindern nichts im Weg.«

Er hatte also mit seinem Therapeuten über mich gesprochen. Ich seufzte innerlich und raffte die Fetzen meines Feingefühls zusammen.

»Ich möchte nicht, daß du dir falsche Hoffnungen machst. Das Wochenende mit dir war sehr schön ...« Das war die größte Lüge aller Zeiten! »... aber ich bin zu dem Entschluß gekommen, daß ich mich nicht mehr binden will. Das hat nichts mit dir zu tun«, fügte ich hastig hinzu, als ich sein von tausend Kummerfalten durchfurchtes Gesicht sah.

»Ich lasse dir soviel Zeit, wie du brauchst, Thea. Wir wollen jetzt nicht mehr davon sprechen«, sagte er und schluckte.

»Wir müssen aber darüber sprechen. Ich werde dich nie heiraten.« Eher gehe ich in ein Kloster.

Hinter Knuts Stirnglatze arbeitete es, das sah man, aber überraschenderweise hielt er den Mund. Wahrscheinlich überlegte er sich, daß er die Sache mit seinem Therapeuten durchgehen sollte. Ich hoffte, daß der so vernünftig war, ihm von einer Heirat abzuraten. Knut hatte genug mit sich selber zu tun, was wollte er da mit einer Frau und, Gott bewahre, Kindern?

Die restliche Zeit bis zur Abfahrt meines Zuges sprach er von seinen Studienzeiten in Heidelberg und der Faszination der höheren Mathematik. Aber es klang alles sehr halbherzig, ich spürte, er war mit seinen Gedanken auf Hochzeitsreise im Bayerischen Wald.

Als ich endlich im Abteil saß, war ich fix und fertig. Knut rannte mit flatterndem Taschentuch noch ein

Stückchen neben dem Zug her und warf mir verzweifelt Kußhände zu. Ich wackelte mit den Fingerspitzen.

Nichts hatte mich je so geschlaucht wie dieses Wochenende. Diese ununterbrochene Stimmberieselung, diese endlose Flut von persönlichen Problemen, die mich nicht die Bohne interessierten, jedenfalls nicht so, daß ich in der Lage war, stundenlang mit nicht ermüdender Faszination zu lauschen. Wie konnte jemand nur so erbarmungslos im Psychoschlamm waten?

Und diese permanenten Fragen: was denkst du, was fühlst du, gefolgt von endlosen Analysen des eigenen Ich.

Dieser Preis für Zweisamkeit war zu hoch. Knut brauchte einen Waffenschein für seine Beziehungskisten.

Zu Hause begrüßten mich helle, stille Räume, Ruhe, Behaglichkeit. Nie war mein Haus mir so schön vorgekommen, vor allem unter dem Gesichtspunkt, daß ich es allein bewohnte. War mir wirklich öfter die Decke auf den Kopf gefallen? Hatte ich tatsächlich menschliche Gesellschaft, fremde Stimmen vermißt? Die Stimme des Mannes, den ich liebte? Ein spannender Liebesroman tat's auch.

Am nächsten Morgen hatte ich mich so weit regeneriert, daß ich nach einem Anruf bei Gregor (er wollte mir Lazarus am Abend vorbeibringen) Sabine im Büro anläutete, um mich zu erkundigen, was sie und Wilhelm sich zur Hochzeit wünschten.

»Einen Pürierstab«, sagte Sabine prompt. »Wilhelm ißt so gerne selbstgemachten Kartoffelbrei.«

»Sehr romantisch. Sag, wann ist denn nun die standesamtliche Trauung, bei der ich immerhin Trauzeugin sein soll? Davon stand nichts in der Einladung.«

»Sei am elften Februar um halb zwölf im Rathaus. Nach der Trauung gibt's Mittagessen bei Mutter Wiedemann. Sie kocht Sauerbraten, Wilhelms Leibspeise.«

»Fein«, sagte ich. Ich esse auch gern Sauerbraten, bin aber zu faul, ihn mir zu kochen.

»Wie war denn dein Wochenende mit Knut?« erkundigte sich Sabine.

»Na ja«, sagte ich.

»Das klingt nicht begeistert.«

»Ich habe die Erfahrung gemacht, daß es tatsächlich Männer gibt, die zuviel reden.«

»Ist das die Möglichkeit? Du hast dich doch immer über Gregors mangelnde Kommunikationsbereitschaft geärgert, selbst als bei euch noch alles in Butter war.«

»Reden ist nicht gleich kommunizieren«, bemerkte ich weise. »Knut und ich passen nicht zusammen, basta. Vielleicht bin ich auch einfach ungeeignet für eine Zweierbeziehung.«

»Ach, Unsinn! Jedes Döppsche find sei Deckelsche, wie Wilhelm immer sagt«, gab Sabine vergnügt zurück. »Du darfst nur nicht aufgeben.«

»Bei allen anderen scheint's zu klappen«, sagte ich bitter. »Du hast Wilhelm, Gregor hat Franziska, Ricardo hat Roberto, Klaus Melanie, Angelika die Anna . . .«

»Und so weiter und so weiter. Du denkst zuviel. Schalte mal dein Hirn aus, dann klappt's auch.«

»So wie bei dir, Sabinchen?« fragte ich boshaft. »Hirn aus, Liebe an?«

»Mit dir ist im Augenblick nicht zu reden«, sagte Sabine. »Mal willst du keinen Kerl, dann willst du doch, dann hast du endlich einen gefunden, der dich auf Händen trägt ...«

»Und totquatscht ...«, warf ich ein.

»Na, ist ja mal egal. Jedenfalls kann's dir im Moment keiner recht machen, und du dir selbst am wenigsten. Das mußte mal gesagt werden.« Sabine war richtig außer Atem.

»Du hast ja recht«, sagte ich. »Ich weiß nicht, was ich will. Ich weiß nur, was ich nicht will, wenn ich's habe.«

Diese erschütternde Logik versetzte Sabine in Sprachlosigkeit. Sie faßte sich jedoch schnell.

»Wir reden später über alles«, sagte sie energisch.

»O Gott, bloß nicht«, stöhnte ich.

Am elften Februar regnete es in Strömen. Ich zog mein gutes marineblaues Kostüm und die weiße Bluse mit dem Spitzenkragen an und fuhr zum Rathaus.

Obwohl ich zehn Minuten zu früh war, warteten Wilhelm und Sabine schon vor der Tür zum Trauzimmer. Neben Wilhelm stand eine stattliche Person in schwarzem Kostüm mit aufgetürmten grauen Locken unter einem schwarzen Hütchen mit Schleier. Das perfekte Outfit für eine Beerdigung in besseren Kreisen.

Sabine trug ein blaßrosa Kleid aus feinem Wollstoff, einen kleinen rosa Strohhut und einen Strauß Maiglöckchen.

Wilhelm, korrekt in Anthrazitgrau, drückte mir die Hand. Seine Handflächen waren schweißnaß, und Schweiß perlte auch auf seiner Oberlippe. Er erinnerte mich an ein braves Kutschpferd, das bei einem Galopprennen mitmachen soll und weiß, daß es hoffnungslos überfordert ist.

»Mutter«, sagte er zu der stattlichen Person, die mich

streng musterte, »das ist Thea Voss, Sabines beste Freundin. Und das ist meine Mutter. Sie ist ebenfalls Trauzeugin.«

Mutter Wiedemanns volles Gesicht mit der Römernase und dem schmallippigen Mund verzog sich zu einem Lächeln, das die grauen Augen nicht ganz erreichte. Wir schüttelten uns die Hand. Ihr Griff hätte einem Catcher zur Ehre gereicht. Ich hatte den Verdacht, daß mit Mutter Wiedemann nicht gut Sauerbraten essen war.

Während der Trauung wogte Mutter Wiedemanns kolossaler Busen unter der schwarzen Kostümfront. Aus den Augenwinkeln bemerkte ich, daß sie sich verstohlen eine Träne abwischte. Trug sie gerade ihr alleiniges Verfügungsrecht über Wilhelm zu Grabe?

Wilhelms Elternhaus ist ein kleiner feiner Bungalow am Stadtrand. Wilhelms Vater war Offizier gewesen und hatte seine Witwe wohlversorgt zurückgelassen. Sogar ein Dienstmädchen gab es. Nachdem wir mit Sekt auf das Wohl des Brautpaars angestoßen hatten, führte uns Mutter Wiedemann ins Eßzimmer, eine düstere Angelegenheit mit schweren Möbeln.

Ein gestreng blickender Herr in Uniform schmückte die Wand über der Anrichte. Das mußte Wilhelm Wiedemann senior sein. Sabine hatte mir erzählt, daß alle erstgeborenen Söhne der Familie Wiedemann seit grauer Vorzeit auf den schönen Namen Wilhelm getauft werden. Ich wünschte Sabine von Herzen ein Mädchen.

Mutter Wiedemann nahm neben Wilhelm Platz. Sabine mußte neben mir sitzen anstatt neben ihrem rechtmäßig angetrauten Ehemann. Unsere Position erlaubte uns einen guten Ausblick auf Vater Wiedemann.

Das Mädchen servierte Markklößchensuppe, die wir mit gesenkten Augen löffelten. Danach räusperte sich Wilhelm und sagte in das Schweigen hinein: »Ich habe mir erlaubt, Alma eine Flasche guten Rotwein dekantieren zu lassen, Mutter. Heute ist doch ein – nun, ganz besonderer Tag.« Er strahlte Sabine über den Tisch so liebevoll an, daß es mir einen Stich gab. So hatte mich niemand mehr angesehen, seit . . . ach, ist ja egal.

Mutter Wiedemann verzog mißbilligend die Lefzen, sagte aber nur: »Ganz wie du meinst, Wilhelm.«

Alter Drache, dachte ich. Du bist eine schlechte Verliererin. Aber kochen konnte der alte Drache, das mußte der Neid ihr lassen. Die Markklößchensuppe, über der Mutter Wiedemann drei Stunden geschuftet hatte, wie sie uns erklärte, hatte hervorragend geschmeckt. Der Sauerbraten war ein Gedicht.

Als mich Alma zum dritten Mal bediente, verzog sich Mutters Dragonergesicht zu einem beinahe herzlichen Lächeln.

»Ich freue mich, daß es Ihnen schmeckt, Frau Voss.«

»Köstlich«, sagte ich. »Das Fleisch zergeht auf der Zunge. Sie müssen mir unbedingt das Rezept geben.«

»Es ist ein altes Familienrezept, aber weil Sie Sabines beste Freundin sind, gebe ich es Ihnen gerne«, schnurrte sie. »Das Wichtigste – soviel will ich Ihnen jetzt schon verraten – ist das Einlegen. Mindestens eine Woche lang in meiner speziellen Marinade. Und zwei Lorbeerblätter nicht vergessen.«

Danach war das Eis gebrochen, wozu auch der ausgezeichnete Rotwein beitrug.

Das Gespräch konzentrierte sich auf Baby Wiedemann, und Mutter wurde geradezu redselig. Sie erkundigte sich eingehend nach Sabines Befinden, gab gute Ratschläge wie »Erkälte dir die Blase nicht, Kind, das ist besonders unangenehm in deinem Zustand!« und ließ sich genau die Symptome von Sabines – bereits überstandener – Morgenübelkeit berichten. Kein Detail dieser Schwangerschaft war zu unbedeutend oder gewöhnlich für sie. Sabine brütete immerhin einen kleinen Wilhelm aus! (Daß da ein Stammhalter unterwegs war, daran gab es keinen Zweifel.)

Sabine, bei ihrem derzeitigen Lieblingsthema, sonnte sich sichtlich in Mutter Wiedemanns Faszination. Ihre eigenen Eltern waren mittlerweile zum dritten Mal verheiratet (nicht miteinander) und hatten sich nie um Sabine gekümmert. Sie stand immer irgendwo dazwischen, war von einem zum anderen abgeschoben worden. Sie hatte noch nicht einmal Geschwister, mit denen sie sich hätte trösten können. Dafür aber mich, und wir hatten zusammengehalten wie Pech und Schwefel.

Ich löffelte das köstliche selbstgemachte Maroneneis und überlegte, daß Mutter Wiedemann auf ihre Art noch lange nicht die Schlechteste war. Jedenfalls solange Sabine eifrig für Enkelchen sorgte.

Nach dem Mokka ging es ans Auspacken der Hochzeitsgeschenke, die im Wohnzimmer auf dem Couchtisch aufgebaut waren. Ich legte mein kleines Päckchen auch dazu. Mutter Wiedemann setzte sich in einen Plüschsessel mit Fransen und lächelte wohlwollend. Wilhelm und Sabine packten aus.

Eine feine Lamadecke. Wenn Sabine auf dem Sofa ruhte, nach dem Mittagessen oder so.

Ein Schnellkochtopf. Damit Sabine nicht so lange in der Küche stehen mußte in ihrem Zustand.

Eine entzückende Erstlingsausstattung, babyblau mit hellgelben gestickten Entchen: Mützchen, Jäckchen, Strampler. Handarbeit, verkündete Mutter Wiedemann stolz. Obwohl ja noch Zeit war, aber sie habe nicht widerstehen können ... Und dann, zum krönenden Abschluß, ein Buch: *Vater werden ist nicht schwer.* Es enthielt einen Umschlag, in dem ein Bündel Scheine steckte. Für das Kinderzimmer.

»Mutter, du sollst doch nicht ...«, sagte Wilhelm verlegen und küßte seine Mutter auf die Wange. Die Art, wie er das machte, ließ nicht auf Übung schließen.

Sabine umarmte ihre Schwiegermutter.

»Vielen, vielen Dank, Mutter. Ich weiß gar nicht, was ich sagen soll.«

»Dann laß es«, sagte Mutter liebenswürdig.

Jetzt blieb nur noch mein Päckchen übrig. Sabine zerrupfte in gewohnter Manier rabiat das Geschenkpapier und hielt ein zartrosa Seidenhemdchen mit Spaghettiträgern und feiner Spitze nebst passenden French Knickers in die Höhe.

»Es ist für euch beide!« sagte ich.

Sabine stieß einen Schrei des Entzückens aus.

Wilhelm und Mutter hielten den Atem an. Wilhelm war sehr rot geworden.

Sabine fiel mir um den Hals und zischte: »Das war wieder mal typisch!«

»Gefällt's dir nicht?« fragte ich unschuldig.

»Doch, du alte Schlange. Aber wenn Mutter Wiedemann auf der Stelle einen Herzanfall kriegt, bist du schuld!«

Sie bekam keinen.

Am nächsten Tag, in der Kirche, trug Sabine ein langes weißes Empirekleid aus schwerem Satin, das ihren Schmerbauch dezent kaschierte, und dazu einen Kranz aus echten Orangenblüten im Haar. Trotz ihrer Fülle sah sie sehr schön, sehr zart und sehr verletzlich aus. Eben bräutlich.

Ich habe schon viele Bräute gesehen, und selbst Frauen, die weder hübsch noch zart sind, umgibt an ihrem Hochzeitstag etwas Strahlendes, ja beinahe Ätherisches. Finde ich jedenfalls. Vielleicht liegt das daran, daß sie zum ersten (und gewöhnlich letzten) Mal in ihrem Leben der absolute Mittelpunkt ihres Universums sind. Und so leuchten und strahlen sie am angeblich schönsten Tag ihres Lebens, bevor sie abtauchen – ins Eheeinerlei.

Sabine und Wilhelm hauchten also ihr Ja und tauschten die Ringe. Mutter Wiedemann neben mir schluchzte diskret in ihr Taschentuch.

Von Sabines Familie war niemand gekommen. Ich hatte den Verdacht, daß Sabine ihre Eltern gar nicht eingeladen hatte. Nur Mutter Wiedemann, drei ältliche Tanten und Onkel von Wilhelm, eine Kollegin von Sabine nebst Ehemann, Melanie und Klaus und ich versammelten sich nach der Trauung im stadtbekannten Schlemmerlokal *Sudpfanne,* um mit dem jungen Paar zu feiern.

Ich hatte Sabine noch nie so strahlend und gelöst gesehen. »Bist du glücklich, Sabinchen?« fragte ich, als wir auf der Terrasse des kleinen Festsaals Luft schnappten.

Sie sah mich mit großen, ernsten Augen an.

»Ja. Aber ich habe auch Angst. Glück geht so schnell

vorbei. Wenn man nicht aufpaßt, zerrinnt es einem zwischen den Fingern.«

»Das tut es auch, wenn man aufpaßt«, bemerkte ich.

»Weißt du, daß ich heut abend dauernd an dich und Gregor denken muß?« sagte Sabine.

»Warum tust du dir das an deinem Hochzeitstag an?«

»Ihr wart so glücklich. Und du hast so schön und zart in deinem Brautkleid ausgesehen, Thea. Ist dir schon mal aufgefallen, daß Bräute verletzlich wirken? So als ahnten sie, daß das Glück nur von kurzer Dauer sein wird.«

»Du watest durch Seelenschlamm«, sagte ich streng. »Wer sagt denn, daß ihr beide, du und Wilhelm, das Glück nicht festhalten könnt?«

»Kennst du ein Paar, das glücklich ist?«

»Melanie und Klaus?« schlug ich vor.

Sabine winkte ab. »Stecken in einer tiefen Krise. Es war sogar schon von Scheidung die Rede.«

Das war mir neu.

»Du redest ja nie wirklich mit Melanie. Sie langweilt dich, und das merkt sie auch. Meinst du, da vertraut sie dir ihre Probleme an?«

Ich mußte zugeben, daß das nicht sehr wahrscheinlich war. »Na gut, Melanie und Klaus stecken also in einer Krise. Aber was ist mit unseren anderen Bekannten? Ricardo und Roberto zum Beispiel. Die beiden sind seit Jahr und Tag ein Herz und eine Seele.«

Sabine sah mich merkwürdig an. »Ach ja? Weißt du nicht, daß Ricardo einen neuen Freund hat und aus der Wohnung mit Roberto ausgezogen ist?«

Diese Neuigkeit schlug ein wie eine Bombe.

»Davon weiß ich allerdings nichts!« schrie ich. »Mir sagt ja keiner was.«

»Ist doch Stadtgespräch«, sagte Sabine.

Langsam wurde ich wütend. »Ich weiß von nichts. Wie soll ich auch, wenn ich sieben Stunden täglich zu Hause vor dem Computer hocke und mich mit Amanda herumschlage? Und du . . . anstatt mich auf dem laufenden zu halten . . .«

»Reg dich ab. Jetzt weißt du's ja.«

War das die Sabine, die ich seit fünfundzwanzig Jahren kannte? Meine beste Freundin, die mir immer alles sofort und brühwarm erzählte? Diese Fremde mit den schmalen blauen Augen, die mich so merkwürdig von der Seite ansah? »Und jetzt wirst du mir sicher mitteilen, daß Anna und Angelika auch in einer Krise stecken«, sagte ich.

»Davon weiß ich nichts. Du bist mit Angelika befreundet, nicht ich. Aber wenn du dich auf einmal so für deine Mitmenschen interessierst – Gregor und Franziska sind auch auseinander.«

Das raubte mir den Atem.

»Wenn ich dran denke, daß wir kürzlich noch darüber geredet haben, daß alle glücklich zu zweit sind, nur ich nicht, und du hast mir nichts gesagt! Und außerdem . . .« Ich fing an zu stottern, so wütend war ich. »Silvester herrschte doch allenthalben Glück und Sonnenschein!«

»Wie willst du das beurteilen?« konterte Sabine. »Du interessierst dich doch nur für deinen eigenen Psychomüll. Die Leute müssen schon dem Selbstmord nahe sein, bis du irgendwas merkst.«

»Das ist nicht wahr!« schrie ich.

Sabine legte mir die Hand auf den Arm.

»Jetzt reg dich ab. Ich hab keine Lust, mich an meinem Hochzeitstag mit dir zu streiten.«

»Wer hat denn angefangen? Außerdem streite ich nicht. Ich beschwere mich nur völlig zu Recht, daß du mir nichts erzählst.«

»Laß uns reingehen. Baby darf sich nicht erkälten.« Sie ging. Ich atmete tief durch. In diesem Augenblick hätte ich Sabine mit Freuden erwürgen können.

Ich kam mir so blöd vor. Alle wußten alles, nur Klein Thea wußte nichts. Wenn ich daran dachte, wie alle an meiner Silvesterparty rumgeknutscht und rumgemacht hatten. Wie konnte man sich nur so verstellen?

Meine gute Laune war dahin. Natürlich würde ich mir nichts anmerken lassen. Wo käme man denn hin, wenn jeder, der Grund dazu hatte, mit einem langen Gesicht durch die Gegend lief, noch dazu auf einer Hochzeitsfeier? Aber ich nahm mir vor, ein Wörtchen mit Sabine zu reden, wenn sie aus den Flitterwochen (zwei Wochen Gran Canaria) zurück war. Außerdem wollte ich morgen mal ein bißchen herumtelefonieren.

Mit Angelika. Mit Melanie.

Vielleicht mit Gregor? Vielleicht auch nicht.

Definitiv mit Roberto.

Ich ließ mir doch nicht von einer frischgeschlüpften Eheglucke vorwerfen, ich würde mich nicht für das Wohlergehen meiner Freunde interessieren.

Natürlich interessiere ich mich für andere besonders, wenn sie Probleme haben. Geteiltes Leid ist halbes Leid, aber geteiltes Glück aus der Zaunköniginnenperspektive ist doppeltes Pech für die Zaunkönigin.

7

Sabines Enthüllungen ließen mir keine Ruhe. Und die größte Frechheit war, daß sie mir meine Unwissenheit auch noch zum Vorwurf machte.

Ha! Wie soll man was mitkriegen von der Welt, wenn man zu Hause vor dem Computer hockt? Sabine in ihrem Verlag dagegen hatte das Ohr (und das Mundwerk) am Puls des Stadtgeschehens. Ich war verdammt wütend auf meine sogenannte beste Freundin.

Entschlossen griff ich zum Telefon und rief Roberto an.

»Hallo, Roberto!« sagte ich scheinheilig. »Wie geht's denn dir und Ricardo so im neuen Jahr?«

»Schlecht, danke. Wie es Ricki Schlotnagel geht, weiß ich nicht. Es steht aber zu vermuten, daß es ihm und seiner Schlampe ausgezeichnet geht. Kroppzeug gedeiht, wie jeder weiß.«

Das war also das Ende eines treuen Gänsepaars inmitten einer Horde flatterhafter, farbenfroher Kolibris.

»Er hat mich verlassen, der Mistkerl!« fuhr Roberto fort. »Mit einem zwanzigjährigen Jüngelchen ist er durchgebrannt und treibt sich gottweißwo rum.«

Ich hörte ein Geräusch, das verdächtig nach Schluchzen klang.

»Roberto. Hast du Lust, vorbeizukommen? Dann reden wir über alles, ja?«

Er brachte eine Flasche Champagner und Petits fours mit. (Er hatte jede Art von Trost bitter nötig.)

Er hockte auf der Sofakante. Ein Häuflein Elend, totenbleich, mit strähnigen Haaren (ich hatte Roberto nie anders als untadelig frisiert gesehen) und in schmuddeligen Jeans. Er trank fünf Tassen Kaffee, rauchte eine Zigarette nach der anderen und redete ununterbrochen mit heiserer, leiser Stimme, verzweifelt bemüht, nicht auch noch den letzten Rest Selbstbeherrschung zu verlieren. Ich holte den Champagner aus dem Eisschrank und schenkte uns ein. Roberto trank sein Glas in einem Zug leer und hielt es mir zum Nachschenken hin.

»Weißt du, ich lieb den Kerl einfach. Ich war davon überzeugt, daß unsere Liebe ein Leben lang hält. Und da kommt so ein Knabe, kaum zwanzig, mit einem Knackarsch und Zahnpastagrinsen daher, und Ricardo geht auf und davon, mit nichts als Rucksack und Kreditkarte. Reisen will er, die Welt sehen. Sich selbst verwirklichen. Erfahren, was wichtig ist im Leben und was nicht. Ich frage dich: Braucht man dafür so einen kleinen Strichjungen?«

Wir stießen miteinander an.

»Du bist die einzige, mit der ich reden kann. Du bist in einer ähnlichen Situation, du verstehst mich. Meine sogenannten Freunde schleichen verlegen um mich herum und tun so, als sei nichts gewesen. Dabei merke ich genau, wie sie sich hinter meinem Rücken lustig machen. Der olle Robby, hat ihm der Ricki aber schöne Hörner aufgesetzt!«

»Das ist bloß der Neid, weil ihr so lange glücklich miteinander wart. Die Typen, die sich jetzt das Maul zerreißen, sind doch zu einer engen, glücklichen Beziehung überhaupt nicht in der Lage! Widerliche Leichenfledderer!«

Meine Worte schienen Roberto etwas zu trösten.

»Meinst du?«

»Ganz bestimmt. Und ich würde mir wegen Ricardo nicht allzuviel Kummer machen. Vielleicht wollte er einfach aus dem Alltagstrott ausbrechen, und da kam ihm dieser Jüngling gerade recht. Vielleicht tobt er sich aus und kommt dann zu dir zurück. Vielleicht tut das eurer Beziehung mal ganz gut.«

Ich glaubte zwar nicht so ganz an das, was ich da predigte (daher die vielen Vielleichts), aber Roberto hörte gebannt zu.

»Meinst du wirklich?« sagte er noch einmal und fügte dann hinzu: »Weißt du, ich bin so wütend auf Ricardo, daß ich ihn erwürgen könnte. Aber wenn er morgen zurückkäme und sagte, laß es uns noch mal versuchen ... ich wäre der glücklichste Mensch der Welt. Er ist der einzige Mann, der mir je etwas bedeutet hat.«

Der einzige Mann, der mir je etwas bedeutet hat, ist Gregor. Aber was vorbei ist, ist vorbei, und wer im Schlamm der Vergangenheit wühlt, muß sich nicht wundern, wenn er Unappetitliches herausfischt.

Am Abend fuhr ich Roberto auf eigenen Wunsch in seine Stammkneipe, wo er seinen Kummer endgültig ersäufen wollte.

Auf dem Rückweg beschloß ich, kurz bei Angelika vorbeizuschauen. Aber es war nicht Angelika, die mir die Tür aufmachte, sondern Anna, rund und bunt in ihrem Kaftan.

»Hallo«, sagte ich. »Ist Angelika da?«

»Nein. Aber komm doch auf einen Sprung rein.«

Ich folgte ihr ins Wohnzimmer. Es sah anders aus, als

ich es in Erinnerung hatte. Den ehemals nackten Holzfußboden zierte ein handgewebter Teppich. Vor einem niedrigen schwarzen Lacktisch hockte Ruth, Thomas' große Liebe.

»Ach, hallo Ruth!« sagte ich, ehrlich erfreut, sie zu sehen.

Sie lachte mich mit ihren schönen, gleichmäßigen Zähnen an und klopfte einladend auf das Sitzkissen neben sich.

»Komm, trink einen Tee mit uns.«

Die beiden sahen mich irgendwie erwartungsvoll an, machten aber keine Anstalten, etwas zur Unterhaltung beizutragen. Es gibt kameradschaftliches Schweigen, und es gibt unbehagliches Schweigen. Dieses gehörte definitiv zur letzteren Sorte.

»Ah«, sagte ich. »Wann kommt Angelika denn so ungefähr zurück?«

»Oh, Angelika wohnt nicht mehr hier. Sie ist in eine WG gezogen«, verkündete Anna fröhlich.

»Pulverstraße neun«, sagte Ruth hilfreich.

»Möchtest du etwas fragen?« sagte Anna und beugte sich so dicht zu mir, daß ich ihren Knoblauchatem roch.

»Frag doch schon!« ermunterte mich Ruth. »Steh zu deinem Gefühl der Neugier.«

»Na gut. Ich nehme an, du und Angelika, ihr habt euch getrennt?« sagte ich zu Anna.

Anna nickte ernst.

Was sollte das Theater? Warum hatte sie mich groß reingebeten, fast als sei es ihr ungeheuer wichtig, daß ich sah, daß Ruth bei ihr zu Besuch war oder hier wohnte, oder was auch immer Sache war? Warum hatte sie nicht gleich an der Tür gesagt, daß Angelika ausgezogen war, und mir ihre neue Adresse gegeben? Warum wollte sie, daß ich irgendwelche Fragen stellte?

Dumme Nuß.

Ich hatte das Gefühl, daß sie irgendein privates Theaterstück aufführte, in dem ich den Deppen spielen sollte, und das paßte mir nicht. Ich stand auf.

»Ich muß los«, sagte ich.

»Willst du wirklich schon gehen?« fragte Anna mit einem süffisanten Grinsen.

»Ich möchte zu Angelika«, gab ich zurück. »Deshalb bin ich gekommen. Erinnerst du dich?«

Anna zuckte die Schultern und lachte.

Ruth stand auf und brachte mich zur Tür.

»Warum bist du so feindselig, Thea?« sagte sie und schaute mich aus großen braunen Augen an. »Stört es dich, wenn Frauen ihre Liebe zueinander zeigen?«

Ich schaute mich suchend nach allen Seiten um.

»Was zeigt ihr?«

»Nun tu doch nicht so. Du mußt doch die vollkommene Harmonie unserer Körper und Seelen gespürt haben.«

»Unserer?«

»Annas und meiner«, erklärte Ruth.

»Muß mir glatt entgangen sein. Verzeih meine Begriffsstutzigkeit.«

»Du bist wirklich unheimlich feindselig. Komm doch am Freitag mit in die Gruppe, dann lernst du, deine negativen Gefühle Lesben gegenüber zu verarbeiten.«

»Du und Anna, ihr habt euch wirklich gesucht und gefunden. Leid tut es mir nur um Angelika. Und um Thomas. Er hat mal gesagt, daß du seine große Liebe bist. Das ist noch gar nicht so lange her.«

Ruth grinste nur. »Pech für ihn. Aber er wird's überleben. Männer verfügen nur über sehr wenig echtes Gefühl.«

»Du auch«, sagte ich und ging.

»Du bist echt total verklemmt!« rief mir Ruth hinterher. Draußen atmete ich erst einmal tief durch. Ich wünschte Ruth viel Spaß mit Anna. Die zwei waren vom selben Kaliber. Aber wie mochten diese beiden Barrakudas mit Angelika umgesprungen sein, die unter ihrem ganzen Getue sehr verletzlich und liebebedürftig ist?

Die Pulverstraße neun war ein großes, ziemlich heruntergekommenes Mietshaus in der Innenstadt.

»Zu wem willst du denn?« fragte hinter mir eine Stimme. Sie gehörte zu einem mageren jungen Mädchen mit mausbraunen Haaren, die ihr strähnig auf die Schultern fielen. Wasserblaue Augen musterten mich durch eine Nickelbrille.

»Zu Angelika Weber.«

»Die wohnt bei uns«, sagte das Mädchen. Sie sah aus wie höchstens fünfzehn. »Kannst mit raufkommen.«

Ohrenbetäubende Musik dröhnte uns entgegen.

»Angelikas Zimmer ist da hinten«, sagte die Kleine und verschwand in einem Kämmerchen wie die Maus im Loch.

Die Flurwände waren scharlachrot gestrichen und mit Graffitisprüchen verziert. ›Nicht kotzen – motzen!‹ las ich, und: ›Ich hab ein Haar auf der Brust – Ich bin ein Bär!‹ Und: ›Männer sind Menschen wie du und ich.‹ Und: ›Wer sich nicht wehrt, endet am Herd.‹

Ich konnte es mir nicht verkneifen, im Vorbeigehen

in die Zimmer zu linsen. Warum auch nicht, die Türen standen ja einladend offen. Die erste Tür links war das Klo, von dem ich mich schnell abwandte. Dann kam ein japanisch inspiriertes Zimmer mit Futon und Hausaltar. Auf dem Futon hockte eine Frau mit grünen Haaren und zupfte an einem mir unbekannten Musikinstrument. Wie sie bei dem Rap-Getöse, das die Wohnung erfüllte wie Donnerhall, ihre eigenen Klänge identifizieren konnte, war mir schleierhaft. Sie war jedoch ganz vertieft.

Gegenüber entdeckte ich ein Hochbett inmitten eines Pflanzendschungels, der Bewohner schien aushäusig zu sein. Daneben war das Bad, das keinen schönen Anblick bot. Gegenüber ein sehr ordentliches Zimmer mit einem großen Schreibtisch, an dem ein junger Mann mit Ohrenschützern saß und schrieb.

Die donnernde Musik kam eindeutig aus Angelikas Zimmer. Ich klopfte.

»Komm schon rein!« brüllte eine Stimme.

»Mach das Ding aus!« kreischte ich.

Angelika, die im Schneidersitz auf einer Matratze neben der Stereoanlage hockte, war so verblüfft, daß sie gehorchte.

»Was machst du denn hier?« Es klang nicht begeistert.

»Ich freue mich auch, dich zu sehen«, sagte ich liebenswürdig. »Ich wollte dich besuchen, Anna sagte mir, daß du jetzt hier wohnst . . .«

Angelikas raspelkurz geschorener Kopf zuckte hoch.

»War Ruth auch da?«

»Ja, warum?«

»Ach nichts. Setz dich.«

Da die überdimensionale Matratze das einzige Möbelstück außer der Stereoanlage und einem alten Kleiderschrank war, setzte ich mich neben Angelika.

»Hat . . . hat Anna was über mich gesagt?« fragte Angelika.

»Nö.«

Ich wartete geduldig.

Angelika verknotete nervös ihre Finger und rutschte unruhig hin und her. Schließlich sagte sie: »Anna und Ruth leben miteinander ihre Sexualität aus, weißt du. Natürlich hat das nichts mit meiner Beziehung zu Anna zu tun. Anna und ich sind nach wie vor unheimlich eng zusammen.«

»Aha.«

Angelika schenkte mir einen wütenden Blick.

»Es ist nicht, wie du denkst. Anna würde nie einen anderen Menschen fallenlassen. Aber jede Frau hat das Recht, ihre sexuellen Gefühle voll auszuleben, verstehst du? Wie die Männer das schon seit Jahrtausenden machen. Kein Mensch besitzt einen anderen, verstehst du? Ich habe nicht das alleinige Verfügungsrecht über Anna. Ich meine, wenn Ruth Anna sexuell mehr bieten kann als ich, dann . . .«

Ihre Stimme brach beinahe.

»Angelika. Das geht mich doch alles gar nichts an.«

»Ich will aber nicht, daß du was Falsches denkst!« schrie sie. Ihre mageren Schultern unter dem unförmigen Pullover zuckten. »Ich meine, was Ruth und Anna tun, ist natürlich und lebensbejahend. Es ist mein Problem, daß ich feindselige Gefühle Ruth gegenüber entwickelt habe. Das zeigt, wie viel ich noch in der Gruppe aufzuarbeiten habe . . . ich bin zu besitzergreifend, verstehst du. Anna war unheimlich verständnisvoll. Ich meine, sie hat mir klipp und klar gesagt, daß es besser wäre, wenn ich hierher ziehen würde, es wär gerade ein Zimmer frei geworden . . .«

Ich konnte mich nicht mehr beherrschen.

»Aber es war doch deine Wohnung! Sie hätte doch gehen können!«

»Nein, nein, sie meinte, die Erfahrungen in einer WG würden mir unheimlich guttun. Sie meint, ich hätte noch viel an sozialem Verhalten zu lernen. Sie ist unheimlich intelligent, weißt du.«

»Sie ist ein egoistisches, kaltes Biest, das mit dir macht, was sie will«, sagte ich freundlich.

Angelika sah mich ungläubig an.

»Also, ich hab mal gedacht, wir wären ganz gute Freundinnen. Aber das ist lang her. Weißt du, du durchschaust die Zusammenhänge nicht, du bist einfach innerlich stehengeblieben. Bist nicht gewachsen.«

»Aber du, ja? Du bist zur inneren Reife gelangt, und der Sinn deines Lebens liegt darin, dich von jemandem wie Anna fertigmachen zu lassen?«

Angelika stand auf.

»Ich muß dich bitten, jetzt zu gehen. Ich will nichts Schlechtes über Anna hören. Sie ist der befreiteste, der ehrlichste und mutigste Mensch, den ich kenne. Und sie liebt mich.«

»Sie hat dich aus deiner Wohnung geschmissen und erzählt dir, daß du sexuell nicht mehr begehrenswert für sie bist. Sie macht dich runter, wo sie kann. Und das nennst du Liebe?«

»Liebe hat viele Gesichter«, sagte Angelika mit seltsamer Würde.

Nie hatte sie ein wahreres Wort ausgesprochen. Sie übersah dabei allerdings, daß für jeden einzelnen von uns Liebe nur ein Gesicht hat, das ganz bestimmte Züge trägt.

Angelika zum Beispiel mußte sich quälen in ihren Beziehungen, ob mit einem Mann oder einer Frau. Instinktiv suchte sie sich Partner mit einem Hang zur Grausamkeit. Das war ihr Problem, das ihr aber gleichzeitig große Befriedigung verschaffte. Ich quäle mich, also liebe ich und werde geliebt. Und ich? Welches Gesicht der Liebe suchte ich?

Natürlich hatte ich keine Ahnung. Bei anderen Leuten blicke ich (manchmal) durch, aber nicht bei mir selber. Während Angelika stumm vor sich hin starrte und an ihrem langen Ohrring in Form eines Venusspiegels zupfte, malte ich mir meinen Traummann aus: ein lebendiges, intelligentes Gesicht. Gebildet. Gepflegt. Sexy. Geschmackvoll angezogen. Warmherzig, aber nicht sentimental. Nähe sollte er suchen, aber nicht kleben. Treu wie Gold natürlich. Ehrlich. Zuverlässig. Tolerant. Großzügig. Zärtlich.

Wo war er, dieser Traummann, bei dem ich dahinschmelzen würde wie Käse in der Soße? Und würde ich überhaupt schmelzen, wenn ich ihn traf? Immerhin war ich ein hoffnungsloser Fall.

Angelika schwieg beharrlich, und ich hatte es plötzlich eilig, wegzukommen. Meine Sorgen um Angelika waren wie immer überflüssig. Sie würde sich lustvoll in ihrem Unglück suhlen und irgendwann gestärkt und erfrischt wieder auftauchen.

»Wenn du mich brauchen solltest, du kennst ja meine Telefonnummer. Oder komm einfach vorbei, okay?«

sagte ich. Angelika verzog das Gesicht, als ob sie weinen wollte, nickte aber.

»Ich weiß, du meinst es gut. Aber im Grunde geht es mir phantastisch. Ich mache einen echten Lernprozeß durch, eine Schule der Gefühle, verstehst du? Und das habe ich alles Anna zu verdanken.«

Jedes weitere Wort erübrigte sich. Ich küßte Angelika auf die Wange und verließ das Zimmer, das genauso trostlos war wie seine Bewohnerin.

Sabine war schon seit drei Wochen von der Hochzeitsreise zurück, hatte sich aber nicht bei mir gemeldet. Da ich beleidigt war, rief ich auch nicht an.

Von Angelika hörte und sah ich nichts. Sie, Anna und Ruth würden ihr Dreiecks-Spiel spielen, bis ein neues Spielchen interessanter wurde.

Roberto hatte mal angerufen, um sich auszuweinen (Ricardo hatte ihm eine Postkarte aus Nepal geschickt).

Gregor war verschollen. Jedenfalls ließ er nichts von sich hören. Ich hatte ein paarmal in Erwägung gezogen, ihn anzurufen, hatte es aber doch gelassen.

Dann traf ich eines Tages Melanie mit ihren Kindern in der Stadt. Sie sah ziemlich schlecht aus und war ziemlich kurz angebunden.

Sie entgleiste sogar so weit, daß sie Sebastian-Patrick, der zum wiederholten Mal kreischend ein Eis verlangte, kräftig anbrüllte.

Ich war höchst erstaunt. Normalerweise säuselt Melanie nämlich nur Konstruktives wie: »Warum hast du das Gefühl, Schätzchen, daß du jetzt unbedingt ein Eis haben mußt? Hat es nicht noch ein bißchen Zeit?« Worauf der Sprößling natürlich plärrt: »Nein!« und

Melanie entnervt zum nächsten Eisstand pilgert. Das nennt man natürliche Erziehung (der Eltern).

Jedenfalls schloß Sebastian Patrick nach dem mütterlichen Ausrutscher prompt den Mund. Dafür brüllte sein Schwesterchen Anna-Lena los, denn sie hatte sich erschreckt. Melanie nahm sie auf den Arm, wo sie verstummte, so daß wir drei oder vier Worte wechseln konnten.

»Wie geht's euch denn so? Wir haben uns ja lange nicht gesehen«, sagte ich.

Melanies Gesicht verschloß sich noch mehr, wenn das überhaupt möglich war. »Ganz gut, danke.«

Ich versuchte es noch mal. »Und was macht Klaus?«

»Auch gut, danke. Er ist geschäftlich unterwegs.«

Wahrscheinlich in Sibirien, damit Klaus' Chef in aller Ruhe die Kündigung seines unfähigsten Mitarbeiters verfassen konnte.

Es war mir zu Ohren gekommen, daß Klaus' Chef dank Klaus' mangelhafter Recherchen ein wichtiges Geschäft vermasselt hatte. Klaus war nämlich nicht, wie er sich Silvester gebrüstet hatte, mit der Abwicklung beauftragt gewesen, sondern nur mit Vorarbeiten. Und selbst die hatte er in den Sand gesetzt. Diese pikante Story kursierte im R & R Salon, so daß ich ausnahmsweise mal auf dem laufenden war.

Melanie starrte abweisend auf einen Punkt hinter meiner linken Schulter und zog ein Gesicht, als habe sie den Inhalt einer Mülltonne vor sich statt ihrer lieben Schulkameradin Thea, die sie seit zwanzig Jahren kannte. Was hatte die dumme Pute bloß auf einmal gegen mich?

Na warte.

»Langweilst du dich eigentlich nicht, so als Nur-Hausfrau?«

»Aber überhaupt nicht«, konterte Melanie, deren Wangen auf einmal zwei kreisrunde rote Flecken aufwiesen. »Schließlich habe ich das Haus, den Garten und die Kinder zu versorgen. Außerdem fahre ich fast jeden Nachmittag rüber zu Sabine. Wir trinken Kaffee, strikken für das Kleine, nähen ein bißchen. Die Kinder spielen. Sabine mag kleine Kinder, weißt du.«

Der Wink entging mir nicht.

»Auch erst seit ungefähr, na, sechs Monaten. Was macht Sabine überhaupt nachmittags zu Hause?«

»Sag bloß, das weißt du nicht!« rief Melanie.

»Sabine war doch zwei Wochen im Krankenhaus, wegen vorzeitiger Wehen. Sie hatten schon Angst, sie verliert das Kind. Sie muß den ganzen Tag liegen, und da leiste ich ihr nachmittags Gesellschaft und helfe ihr ein bißchen. Viel ist allerdings nicht zu tun, weil Frau Wiedemann morgens den Haushalt schmeißt und kocht.«

Mir war auf einmal ganz elend. Da liegt die beste Freundin darnieder, und man hat keine Ahnung, weil besagte beste Freundin nichts mehr mit einem zu tun haben will. Melanie war unversehens in die Lücke getreten, die ich nicht hinterlassen hatte.

»Soso«, sagte ich. »Na, grüß Sabine von mir.«

Dann drehte ich mich um und ging schnell weg, damit Melanie mir keine dummen Fragen stellen konnte.

Ich tat mir selber sehr leid. Irgendwie, ich wußte nicht wie, hatte ich nicht nur meinen Ehemann verloren, sondern auch fast alle meine Freunde. Sehr viele waren es ja nie gewesen, aber mit Gregor und meiner allerliebsten Sabine, mit Ricardo und Roberto sowie Angelika und Melanie und Klaus am Rande war ich eigentlich immer ganz zufrieden gewesen. Aber jetzt war ich allein auf weiter Flur, vielmehr: in meinen vier Wänden, wo es mir wieder einmal sehr eng wurde. Ich konnte noch nicht mal zu Knut nach Köln fahren oder ihn zu mir einladen.

Knut war nämlich verloren für mich und die Welt. Er machte ein buddhistisches Retreat mit, das ihn zwanzigtausend Mark (seine gesamten Ersparnisse) kostete und ihn drei Jahre hermetisch von der Außenwelt abriegelte.

Er hatte mich noch einmal kurz besucht, um sich von mir zu verabschieden.

»Drei Jahre willst du in einer Holzkiste sitzen und Gebetsmühlen drehen?« schrie ich, als er mir von seinem Vorhaben berichtete. »Wie bist du denn auf diese Schnapsidee gekommen?«

»Es traf mich wie ein Blitz«, sagte Knut schlicht. »Ich wußte, ich muß das machen. Zum Glück kann ich mich als Lehrer drei Jahre beurlauben lassen.«

»So ein Retreat dient natürlich vor allem der Selbstfindung«, sagte ich ätzend. »Du denkst, alle deine Probleme lösen sich von selbst, und *pow* erkennst du den Sinn des Lebens.«

Knut lächelte mich milde an.

»Ich denke gar nichts.«

An einem sonnigen Nachmittag Ende April hielt ich es nicht mehr aus. Ich kaufte einen Strauß Moosrosen und fuhr zu Sabine. Es kostete mich zwar enorme Überwindung, denn schließlich habe ich ja meinen Stolz, aber es hätte mich noch größere Überwindung gekostet, es nicht zu tun.

Wilhelm öffnete mir und schien ehrlich erfreut.
»Thea! Wie schön!«
»Ob Sabine das auch findet?«
Wilhelm tuschelte: »Sie vermißt dich ganz schrecklich. Aber du kennst ja Sabines sturen Kopf.«
Sabine thronte in voller Breite auf dem Sofa. Ihr Bauch wölbte sich unter einem karierten Umstandskleid wie der Mount Everest. Darauf ruhte eine Zeitschrift, in die Sabine ihre Nase steckte.
»Ich denke, du sollst liegen?« fragte ich von der Tür her. Sabine fuhr auf.
»Du!« schrie sie.
»Ja, ich. Soll ich wieder gehen?«
Sabine wuchtete sich auf die Beine und watschelte auf mich zu. »Bleib bloß da«, flüsterte sie und versuchte, mich zu umarmen. Ihr Bauch stand uns im Wege. Sabine lachte und wischte sich eine Träne ab.
»Komm, setz dich. Wilhelm!«
»Ja, Schatz?« Wilhelm lugte vorsichtig durch die Tür.
»Kochst du uns Kaffee?«
Wilhelm kochte uns Kaffee, und danach verschwand er taktvoll, um seine Mutter zu besuchen.
»Warum hast du dich überhaupt nicht mehr gemeldet?« fragte ich.
»Ich dachte, du wärst sauer auf mich«, sagte Sabine.
»War ich auch.«
»Du hättest ja auch mal anrufen können«, sagte Sabine mit leicht kiebigem Unterton.
»Ich war doch sauer.«
»Eigentlich gab's gar keinen Grund, sauer zu sein.«
»Du hättest mir den ganzen Tratsch ja auch schon vorher mal erzählen können«, sagte ich milde.

»Mhm«, machte Sabine. »Weiß auch nicht so genau, warum ich's nicht getan hab. Schwamm drüber?«

»Schwamm drüber«, sagte ich erleichtert.

Wir gaben uns die Hand, und dann führte jede die drei ersten Finger der rechten Hand zu den Lippen und dann zum Herzen, so wie wir das seit fünfundzwanzig Jahren tun, nachdem wir uns gezankt haben.

»Ach, ich hab dich so vermißt, Thea!« seufzte Sabine. »Diese Liegerei war so gräßlich. Todlangweilig.«

»Mußt du jetzt nicht mehr liegen?«

»Nein, es ist Gott sei Dank alles wieder in Ordnung.«

»Wie lange hast du noch, zwei Monate?«

»Knapp. Aber ich habe jetzt schon keine Lust mehr«, stöhnte sie und rieb sich den Rücken. »Ich kann nicht liegen, ich kann nicht sitzen, ich kann nicht laufen. Ich kann mir noch nicht mal mehr alleine die Fußnägel schneiden. Ich sehe aus wie eine Boa, die einen Elefanten verschluckt hat.«

»Och . . .«, machte ich.

»Du brauchst gar nichts zu sagen, ich weiß, wie ich aussehe. Und ich weiß auch, wieviel ich wiege. Ich sage es dir aber nicht. Es reicht, wenn mein Arzt mich zur Schnecke macht.« Ich lachte. »Was sagt Wilhelm?«

»Er freut sich auf das Baby. Genau wie Mutter Wiedemann.«

»Ich hörte, Melanie war oft da.«

»Ja, aber ich hab dich trotzdem schrecklich vermißt. Wenn du wüßtest, wie oft ich den Telefonhörer in der Hand hatte, um dich anzurufen. Du bist und bleibst doch meine beste Freundin.«

Das war natürlich genau das, was ich hatte hören wollen. Sabine legte sich seitlich aufs Sofa und stopfte sich zur Stütze ein paar Kissen ins Kreuz. Sie sah aus wie ein gestrandeter Wal.

»Aber komm, jetzt erzähl du mal. Was hast du so gemacht in der letzten Zeit? Was treibt Knut der Geschwätzige?«

Ich berichtete über Knuts buddhistisches Retreat.

»Das scheint doch genau das Richtige für ihn zu sein. Da ist er gezwungen, drei Jahre lang die Klappe zu halten«, meinte Sabine.

»Das hält er nie aus.«

»Wer weiß, wer weiß. Hast du eigentlich Gregor mal gesehen?«

»Nein«, sagte ich. »Er meldet sich ja auch nicht, und ich sehe nicht ein, warum ich hinter ihm herlaufen soll. Schließlich sind wir geschiedene Leute.«

»Stur, stur, stur«, sagte Sabine.

»Du mußt reden!«

»Also zurück zu Gregor«, sagte sie hastig. »Er hat mich mal besucht. Hat mir ein ganz goldiges Mobile fürs Kinderzimmer mitgebracht und einen Riesenstrauß gelbe Rosen. Fand ich nobel.«

»Knickrig war er nie«, meinte ich.

»Er ist wieder umgezogen«, berichtete Sabine weiter. Sie genoß diese Unterhaltung sichtlich.

»Nein!« rief ich.

»Doch. Er wohnt jetzt ganz in deiner Nähe. In einem restaurierten Fachwerkhaus. Allein.«

»Hat nichts zu sagen«, winkte ich ab. »Mit Gina und Franziska hat er auch nicht zusammengewohnt.«

»Ich glaube, er ist ziemlich einsam.«

»Der nicht«, sagte ich. »Er kennt die halbe Stadt und wird im Gegensatz zu mir ständig eingeladen. Alleinstehende Männer in seinem Alter, noch dazu mit Geld, sind ihr Gewicht in Gold wert.«

Damit war das Thema Gregor für mich erledigt.

Sabine und ich vertratschten den ganzen Nachmittag, und es war herrlich. Gegen sechs kam Wilhelm nach Hause. Er brachte einen Nudelauflauf mit, den ihm seine Mutter mitgegeben hatte, damit Sabine und Baby nicht vom Fleisch fielen. Als ich um zehn nach Hause fuhr (Sabine und Baby mußten ins Bett), war ich zum ersten Mal seit langer Zeit beinahe glücklich.

Ich hatte es Sabine gegenüber zwar nicht zugegeben, aber ich hätte zu gern gewußt, warum Gregor schon wieder umgezogen war. Natürlich dachte ich nicht daran, mich bei ihm nach seinem Privatleben zu erkundigen. Statt dessen arbeitete ich sehr fleißig, besuchte regelmäßig Sabine und traf mich an den Wochenenden mit Roberto, um auszugehen. Roberto hatte sich wieder gefangen. Er war wieder sein altes, makellos gepflegtes, unterhaltsames Ich.

»Ich vermisse Ricardo immer noch«, sagte er eines Abends Ende Juni, als wir im *Kürbis* an der Theke hockten. »Aber ich kann auch ohne ihn leben. Vielleicht hat diese Trennung doch was Gutes. Ich war viel zu abhängig von Ricardo.«

»Ein gutes Zeichen, daß du die Sache so sehen kannst«, meinte ich.

»Der Typ da hinten will dich anmachen«, sagte Roberto mit fachmännischem Blick.

»Welcher?«

»Der in der schwarzen Lederjacke am anderen Ende der Bar!«

Ich guckte hin. Der Typ, mit blonden Wallelocken und Schnurrbart, grinste. Ich guckte weg.

»Na?« fragte Roberto.

»Kein Interesse.«

»Warum? Er sieht gut aus. Amüsier dich doch mal!«

»Er macht mich nicht an.«

»Wer macht dich denn an, um Gottes willen? Seit Wochen versuche ich, dich an den Mann zu bringen, und was ernte ich für meine Bemühungen? Interesselosigkeit, die zum Himmel schreit.«

»Das reimt sich«, sagte ich und trank mein Bier aus. »Ich geh jetzt, ich bin hundemüde.«

Irgendwann mitten in der Nacht schrillte das Telefon. Sehr laut und sehr hartnäckig. Im Halbschlaf taumelte ich die Treppe hinunter und nahm den Hörer ab.

»Thea, bist du's?«

»Sabine!« sagte ich mit schwerer Zunge. »Was soll der Quatsch mitten in der Nacht. Natürlich bin ich es.«

»Ich wollte dir nur sagen, daß wir jetzt ins Krankenhaus fahren. Ich habe alle zehn Minuten Kontraktionen.«

»Ist das gefährlich?« Ich war immer noch nicht ganz da.

»O Mann, wach endlich auf!« kreischte Sabine. »Das Baby kommt!«

Das brachte mich mit einem Ruck in die Wirklichkeit zurück.

»Waaaaaas?«

»Na also«, sagte Sabine, zufrieden, weil sie endlich meine ungeteilte Aufmerksamkeit besaß.

Auf einmal war ich so aufgeregt, als ob ich selber ein Kind kriegen würde.

Die Großvateruhr im Flur schlug fünf Uhr. Dann sieben Uhr. Acht Uhr. Neun Uhr.

Um zwölf sah ich Sabine wie in einem meiner Romane totenbleich und sterbend in einer Blutlache liegen. Sie drückte dem schluchzenden Wilhelm den erstgeborenen Sohn in den Arm und hauchte: »Sorge gut für ihn, mein geliebter Mann.«

Mit zitternden Fingern wählte ich Melanies Nummer. Wenn sich jemand mit Schwangerschaft und Kindbett auskannte, dann sie.

»Sabine ist seit fünf Uhr im Krankenhaus, und das Baby ist immer noch nicht da«, sagte ich.

»Abends oder morgens?« fragte Melanie sachlich.

»Heute morgen um fünf.«

»Kein Grund zur Sorge. Bei Sebastian-Patrick hat die Geburt achtzehn Stunden gedauert.«

»Warum tun Frauen sich bloß so was an?«

»Kinder geben dem Leben erst einen Sinn«, gab Melanie zurück. »Du solltest es mal ausprobieren.«

»Ich doch nicht!« sagte ich erschrocken.

»Typisch Thea«, meinte sie, aber es klang noch nicht mal unfreundlich.

»Ich muß jetzt Schluß machen«, sagte ich. »Es könnte ja sein, daß Wilhelm anruft, weil das Baby da ist.«

Aber Wilhelm rief nicht an.

Nicht um zwei Uhr, nicht um drei Uhr. Auch nicht um fünf Uhr. Um halb sieben endlich klingelte das Telefon.

»Sabine!« ächzte ich. »Bist du's wirklich? Ich hab mir solche Sorgen gemacht.«

»Meinst du, du hast meinen Geist an der Strippe, oder was!« sagte Sabine liebenswürdig. »Willst du mir nicht zu meiner Tochter gratulieren? Sie heißt Maja und hat eine Glatze.«

»Aller-allerherzlichste Glückwünsche, Sabinchen. Und liebe Grüße an Wilhelm. War er die ganze Zeit dabei?«

»Jawohl«, sagte sie stolz. »Er hat nicht mit der Wimper gezuckt. Ich habe auch nichts anderes erwartet. Kommst du Maja und mich morgen nachmittag besuchen?«

»Klar doch. Ich bin schon sehr gespannt auf euer Bienchen.«

»Thea«, sagte Sabine. »Wir wollen mal eins klarstellen: Maja ist der Name der altrömischen Göttin des Wachstums.«

»Und wenn dann Wilhelm, der Stammhalter, kommt, hast du Freund Willi gleich dazu!«

Nach diesem Telefonat war ich so euphorisch, daß ich die Nachricht von Bienchens Geburt sogleich unter die Leute bringen mußte. Als erstes rief ich Melanie an.

»Das ist ja schön. Ein kleines Mädchen! Und so ein hübscher Name, Maja. Altrömisch, nicht wahr?«

Ich biß mir auf die Lippe. »Ja, ich glaube.«

Roberto flippte total aus.

»Ein Kind. Super! Irre! Ach, wie ich euch Frauen darum beneide, daß ihr Kinder kriegen könnt. Ich hätte so gern eins. Am liebsten mit Ricardo. Er wäre ein toller Vater, meinst du nicht auch?«

Ich stimmte ihm zu. Ricardo ist geduldig, verspielt und liebevoll – ideale Voraussetzungen für Elternschaft.

»Weißt du, daß ich fast mal geheiratet hätte, ich meine eine Frau, weil ich so gerne Kinder wollte?« fuhr Roberto sehnsüchtig fort.

Es muß ein tief verwurzeltes Bedürfnis sein, sich

biologisch reproduziert zu sehen. Ein Bedürfnis, von dem ich gottlob verschont geblieben bin. Ich lebe sehr gut ohne Kinder, danke sehr.

Ich rief sogar meine Schwester Ingrid an, um ihr die große Neuigkeit mitzuteilen.

»Sehr vernünftig von Sabine, zu heiraten und ein Kind zu kriegen«, sagte Ingrid. »Hätte ich ihr gar nicht zugetraut, so flippig, wie sie immer war. Weißt du noch, wie sie als Teenager in ihrem Miniröckchen vor meinem Helmut rumstolziert ist? Der arme Kerl wußte gar nicht mehr, wohin er gucken sollte. Wenn du nur auch mal dein Leben so in den Griff bekämst! Wann heiratest du endlich einen netten, soliden Mann und gibst deinem Leben einen Sinn, indem du ein paar Kinder in die Welt setzt?«

»So wie du, ja?«

»Ganz recht. Ich habe meinen Beitrag zur Sicherung der Renten geleistet.«

»Gib nicht so an«, sagte ich. »Du hast bloß ein Kind zustande gebracht.«

»Immerhin«, erwiderte Ingrid spitz.

Und dann rief ich Gregor an, nachdem ich über die Auskunft seine neue Telefonnummer erfragt hatte.

»Thea! Schön, daß du anrufst. Ich wollte mich schon die ganze Zeit bei dir melden.«

»Ich wollte dir nur sagen, daß Sabines Baby da ist. Ein Mädchen. Fünfzig Zentimeter groß, dreitausendfünfhundertfünfzig Gramm schwer. Mutter und Kind sind wohlauf.«

»Das müssen wir feiern«, sagte Gregor ganz unbefangen. »Ich hab noch eine Flasche Champagner für besondere Gelegenheiten im Eisschrank stehen. Wie wär's, hast du Lust, vorbeizukommen?«

»Wie, jetzt?«

»Warum nicht? Ich hab ein bißchen gearbeitet, hab aber eigentlich überhaupt keine Lust. Es ist so ein schöner Abend. Also, kommst du?«

Warum hatte ich auf einmal Herzklopfen?

»Warum nicht?«

8

Ich ging zu Fuß. Ich genoß die warme Luft, die nach Rosen und Jasmin duftete, das schattiggrüne Zwielicht des Sommerabends.

In meiner Phantasie malte ich mir aus, daß ich ein Rendezvous mit einem umwerfenden Lover hatte, und bekam richtig Herzflimmern. Albern. Es war doch nur Gregor, den ich besuchte.

Gregors neues Domizil in der Händelstraße ähnelte unserem Traumhexenhaus, war aber viel kleiner. Schmalbrüstig und windschief schmiegte es sich an seine Nachbarn rechts und links. Vor dem Eingang stand ein Margeritenbäumchen in einem Terrakottakübel, und vor jedem Fenster prangten fette rote Hängegeranien.

Während ich noch sinnend die tiptop restaurierte Fachwerkfassade betrachtete und überlegte, was für eine Mieze er sich diesmal angelacht haben mochte (nach dem Motto: neues Heim, neue Frau), riß Gregor die Haustür auf. »Na, wie gefällt dir mein Schmuckstück?«

»Von außen sehr gut. Jetzt bin ich gespannt auf die Inneneinrichtung.«

Er küßte mich auf die Wange und drückte mich an sich. Wo blieb seine übliche Zurückhaltung?

Ich war auf alles gefaßt, als ich hinter Gregor die schmale Hühnerleiter zum ersten Stock erklomm.

Weißgestrichene Wände, alte Teppiche in gedämpften

Farben, ein bildschöner Kirschholzschrank, ein Kirschholzsekretär und ein Vitrinenschränkchen. Ein cremefarbenes Sofa, ein Sessel.

»Schön«, sagte ich und nahm auf dem Sofa Platz.

»Die beiden Wohnungen vorher waren ein Experiment«, sagte Gregor und setzte sich in den Sessel gegenüber. »Aber die Wahrheit ist, daß ich es nicht aushalten kann, experimentell zu wohnen. Ich brauche eine ganz bestimmte Umgebung, um mich wohlzufühlen.«

»Die hattest du früher auch, wenn man von meiner störenden Gegenwart mal absieht«, bemerkte ich. »Es besteht kein gravierender Unterschied zwischen der Einrichtung in unserem ehemals gemeinsamen Heim und deinem Schmuckkästchen hier. Es ist die gewisse Mischung von alten und modernen Möbeln und schönen Farben und Materialien, wenn ich das mal so formulieren darf.«

Anstatt sich über meinen Ton zu ärgern, lachte Gregor nur. »Ja, du hast recht. Ich hole rasch den Champagner.«

Er schien fest entschlossen, sich nicht provozieren zu lassen. »Prost, Thea. Auf das Wohl von Mutter und Kind. Und darauf, daß du hier bist.«

»Und auf dein neues Haus.«

»Auf das neue Haus«, sagte Gregor ernsthaft.

»Und wo ist die neue Frau, die dein neues Heim schmückt?« Gregor zündete sich eine Zigarette an und lehnte sich in seinem Sessel zurück.

»Es gibt keine neue Frau. Ich bin solo.«

»Wie das?«

Er zuckte die Schultern.

»Um es mal auf den Punkt zu bringen: im Moment macht mich keine Frau an. Komisch, nicht?«

Irgendwie kam mir das bekannt vor, aber das band ich ihm natürlich nicht auf die Nase. Sollte er ruhig glauben, daß ich von Blüte zu Blüte flatterte.

»Und was machst du so? Hast ja lange nichts von dir hören lassen«, sagte Gregor.

»Also erlaube mal! Warum soll eigentlich immer ich mich melden?«

Er senkte schuldbewußt den Kopf, dann grinste er. Wenn er so lachte, sah er um Jahre verjüngt aus, fast so wie damals, als wir uns kennenlernten.

Er trug weiße Hosen und ein kurzärmliges Seidenhemd. Seine hellen, glatten Haare glänzten frischgewaschen, und frisch rasiert war er auch. Sein Rasierwasser stieg mir prickelnd in die Nase.

»Du hast ja recht. Meine einzige Entschuldigung ist, daß alles so hopplahopp mit dem Haus ging, und dann mußte ich ja noch die Möbel und Bilder in der alten Wohnung verkaufen. Ich habe übrigens ein ganz nettes Geschäft damit gemacht. Franziska hat mich gut beraten. Noch ein Gläschen?«

»Gern.«

Es war ein seltsamer Abend.

Wir redeten und redeten, und ich weiß nicht wie, aber auf einmal war die alte Vertrautheit wieder da. Wir kamen uns mühelos nahe, wir öffneten unser Inneres arglos, ohne an Verteidigung zu denken. Gregor setzte sich zu mir aufs Sofa, und ich roch seinen vertrauten Geruch nach Kouros und Gregor. Ich erinnerte mich daran, wie sich sein feines blondes Haar unter meinen Fingern anfühlte und seine Lippen auf meinem Mund. Dann wurde mir bewußt, daß wir schon eine ganze Weile dasaßen und uns stumm in die Augen starrten.

»Ich glaube, ich muß jetzt gehen«, sagte ich, rührte mich aber nicht vom Fleck.

Es war, als hätte jemand einen Zauber geworfen über uns, dieses Zimmer, dieses Haus.

Gregor rutschte wortlos näher, so nahe, daß ich seine Wärme unter dem dünnen Hemd spürte. Dann fühlte ich seine Hand in meinem Haar und seinen Mund auf meinem.

Alles war vertraut, und doch auf geheimnisvolle Weise fremd und aufregend. Wir schlüpften aus unseren Schneckenhäusern, streckten die Fühler aus im Dunkel dieser verzauberten Nacht, und ich dachte weder an das Gestern noch an das Morgen.

Das Heute holte mich natürlich ein, wie es das unangenehmerweise immer zu tun pflegt.

Ich wachte in Gregors geräumigem Messingbett auf und wußte im ersten Moment nicht, wo ich mich befand. Dann sah ich Gregor friedlich schnorchelnd neben mir auf dem Rücken liegen, und ich dachte nur, o nein, wie unendlich blöde bist du doch, daß du dich von ihm hast einwickeln lassen. Gestern ist gestern, und morgen kriegst du den Abschiedstritt, wenn Herr Voss wieder frei sein will.

Ich kroch vorsichtig aus dem Bett, um Herrn Voss nicht zu wecken, und schlich ins Wohnzimmer, wo unsere Klamotten bunt verstreut herumlagen. Ich schlüpfte in Hemd und Jeans und floh aus Gregors Hexenhaus.

Über extra starkem Kaffee dachte ich angestrengt nach. Es war passiert, aber *es* hatte nichts zu bedeuten. Die Fronten waren klar: ich würde mich kein zweites Mal verletzen lassen.

Ich rauchte gerade meine Frühstückszigarette, als es an der Tür Sturm klingelte. Draußen stand Gregor, ungekämmt und unrasiert, in Jeans und offenem Hemd.

»Was möchtest du?« fragte ich.

»Warum bist du einfach abgehauen?« fauchte er und drängte sich an mir vorbei in den Flur.

»Warum nicht?« sagte ich in einem Tonfall, von dem ich wußte, daß er Gregor auf die Palme brachte.

Er starrte mich an. »Ist das dein Ernst?«

»Es hat Spaß gemacht, es war eine laue Sommernacht, wie man so schön sagt, und jetzt trennen sich unsere Wege wieder.«

»Eine spaßige laue Sommernacht. Ist das alles?«

»Aber natürlich«, sagte ich und hätte mich im nächsten Moment am liebsten geohrfeigt.

Gregor drehte sich auf dem Absatz um und rauschte zur Tür hinaus.

»Gregor, warte!« rief ich ihm hinterher.

Er drehte sich um.

»Und ich habe gedacht ... ich blöder Ochse ... ach, vergiß es.«

Ich knallte die Haustür zu und brach in Tränen aus.

Am Nachmittag besorgte ich ein Geschenk für Biene Maja und fuhr zum Krankenhaus.

Ein nagendes Gefühl der Unzulänglichkeit erfüllte mich. Hatte ich etwas kaputtgemacht, von dem ich gar nicht wußte, daß es existierte? Dabei ist doch jedem klar, daß man alte Liebe, wie Spinat, nicht aufwärmen soll.

Sabine thronte in einsamer Herrlichkeit in einem Privatzimmer. Biene Maja schlief in einem fahrbaren Gitterbettchen neben ihrer Mutter.

»Ist sie nicht goldig?« flüsterte mir Sabine ins Ohr.

Maja lag auf der Seite, in eine mit rosa Bären bedruckte Steppdecke eingewickelt. Nur das Köpfchen schaute heraus. Sie pustete und schnorchelte im Schlaf. Sie sah sehr klein, sehr häßlich und sehr rührend aus.

»Sie ist ziemlich klein«, sagte ich, denn Sabine erwartete offensichtlich einen Kommentar.

»Ist das alles, was du zu meiner bildhübschen Tochter sagen kannst? Setz die Sonnenbrille ab, vielleicht siehst du dann besser.«

Gehorsam nahm ich die Sonnenbrille ab und beugte mich wieder über das Bettchen. Wie auf Kommando wachte Maja auf und blickte mich aus großen blaugrauen Augen an.

»Sie ist wach«, sagte ich.

»Nimm sie doch mal hoch. Vergiß aber nicht, den Kopf zu stützen.«

»Lieber nicht. Hinterher tue ich ihr noch weh oder so.«

»Hast du noch nie ein Baby auf dem Arm gehabt?«

»Wenn du mich so fragst . . . also, ich hab ab und zu mal meinen Neffen Rüdiger gehalten, als er ein Baby war. Aber das ist zwanzig Jahre her.«

Sie nahm Maja hoch. Fasziniert betrachtete ich die winzigen rosa Finger. Ich schob meinen Zeigefinger in das Händchen, das sich zu einem erstaunlich festen Griff schloß.

»Jetzt setz dich mal auf den Bettrand, und dann nimmst du sie auf den Arm.«

Sabine drückte mir das Kind wie ein Paket in den Arm. Ich muß sagen, es war ein schönes Gefühl, den kleinen warmen Körper an mich zu drücken. Doch ja.

»Sag mal, wie siehst du überhaupt aus?« sagte Sabine. »Du hast ganz verschwollene Augen. Und eine dicke rote Nase.«

»Heuschnupfen, Allergie«, murmelte ich.

»Sieht mir eher nach einer Heulorgie aus. Also, sag schon, was los ist.«

»Nix ist los«, sagte ich undeutlich. »Ich leide eben seit neuestem unter allergischem Heuschnupfen.«

Maja fing an zu heulen, es klang wie das Jammern eines Kätzchens. Sabine gab ihr die Brust.

Mutterschaft bildet ungemein. Ich bin sicher, daß Sabine vor neun Monaten nicht einmal ahnte, daß es eine natürliche Alternative zu Flaschenmilch gibt.

Sodann schilderte sie mir in allen Einzelheiten den Geburtsverlauf. Sie war gerade bei dem ihrer Ansicht nach unnötigen Dammschnitt angelangt, als es klopfte und Melanie hereinkam. Das war eine wunderbare Gelegenheit, mich davonzumachen. Melanie war, was Dammschnitte und Milchbildung betraf, zweifellos die geeignetere Gesprächspartnerin.

Außerdem wollte ich allein sein. Ich fuhr zum Wildpark und ging zwei Stunden lang stramm spazieren. Danach hatte ich mir erfolgreich eingeredet, daß ich am Morgen genauso cool und lässig reagiert hatte, wie es in meiner Natur lag. Ich nahm mir, was ich haben wollte (auch von meinem Exmann!), und ging danach wieder selbstgenügsam meine eigenen Wege. Wenn Gregor sich so komisch aufführte, war das sein Problem. Für mich war die Sache erledigt.

Weil mir wieder einmal die Decke auf den Kopf fiel, lud ich Sabine und Wilhelm sowie Melanie und Klaus zum

Abendessen ein. Melanie trug ein geblümtes Kleid, das an ihr herunterhing wie ein Kartoffelsack, und Birkenstocksandalen. Zur Feier des Tages hatte sie aber Rouge und ein bißchen Lippenstift aufgelegt, was sie zehn Jahre jünger machte. Außerdem war ein zartes Metallgestell an die Stelle der greulichen, eulenhaften Hornbrille getreten.

»Die Brille steht dir sehr gut«, sagte ich.

Melanie errötete. »Findest du?«

»Ausgezeichnet«, meinte Sabine. »Außerdem solltest du dich immer ein bißchen schminken.«

Klaus, der sich gerade das dritte Stück Pizza auf den Teller lud, warf uns einen giftigen Blick zu.

»Setzt ihr nur noch mehr Flöhe ins Ohr. Vierhundert Mark hat die neue Brille gekostet. So eine Verschwendung!«

»Das ist die erste neue Brille seit zehn Jahren«, sagte Melanie ruhig.

Klaus zuckte die Schultern. »Na und? Die alte hätte noch mal zehn Jahre gehalten.«

»So wie deine Anzüge, ja?« bemerkte Melanie. »Du hast zweiundzwanzig Anzüge in deinem Kleiderschrank. Die reichen dir bis ins Rentenalter. Trotzdem kaufst du dir andauernd neue Sachen.«

Klaus schluckte hastig einen Bissen Pizza hinunter und sagte mit hochrotem Kopf: »Ich verdiene das Geld. Also kann ich mir auch kaufen, was ich will. Außerdem, wenn man eine Führungsposition innehat, muß man dementsprechend gekleidet sein.«

Ich bewunderte Melanies Selbstbeherrschung. Sie erinnerte ihren Angetrauten nicht daran, daß er um Haaresbreite der Entlassung wegen Unfähigkeit entgangen war und sich keinen Patzer mehr leisten durfte. Das hatte Klaus' Chef in einem Telefongespräch Melanie mitgeteilt, auf die er große Stücke hält. Er ist ein langjähriger Freund von Melanies Familie, und nur deshalb hat Klaus überhaupt die Stelle gekriegt. Das wußte ich von Sabine, der sich Melanie in ihrer Verzweiflung anvertraut hatte.

Ich blickte von Klaus, der zornentbrannt ein viertes Stück Pizza in sich hineinstopfte, zu Melanie, die ein Glas Rotwein hinunterstürzte. Sie hielt zwar den Mund, aber ich hatte den Eindruck, daß sie es nur tat, um uns den Abend nicht zu verderben.

Vorbei waren die Zeiten, in denen sie sich wie ein Mäuschen geduckt hatte, wenn Klaus die Klappe aufriß.

Sabine fing meinen Blick auf und zwinkerte mir heimlich zu. Wilhelm, der Auseinandersetzungen haßte, trocknete sich mit einem geblümten Taschentuch den Angstschweiß von der Stirn und war sehr erleichtert, als ich das Gespräch auf Biene Maja lenkte.

Anfang August wurde ich krank.

Mir war ständig übel, und ich hatte Kreislaufprobleme. Außerdem war meine Periode überfällig. Dieser Tatsache maß ich jedoch keine Bedeutung bei, denn ich hatte schon immer einen unregelmäßigen Zyklus, wenn ich nicht die Pille nahm. Und die Pille hatte ich nicht mehr genommen seit . . . Moment, ja, seit der Sache mit Thomas und dem Zölibat.

Ob ich mir eine Hormonstörung eingehandelt hatte?

Ich beschloß, noch eine Woche zu warten, und wenn es mir bis dahin nicht besserging, würde ich zum Arzt gehen.

Es ging mir nicht besser, sondern schlechter. Ich schleppte mich von Übelkeit gequält mühsam durch den Tag und mußte zu allem Überfluß auch noch alle drei Minuten aufs Klo. Und abends war ich so müde, daß ich während der Tagesschau auf dem Sofa einschlief.

Ich schilderte diese Beschwerden meiner Frauenärztin, die meine Litanei geduldig anhörte.

Dann sagte sie: »Frau Voss, könnte es sein, daß Sie schwanger sind?«

Ich war wie vom Donner gerührt.

»Schwanger? Ich? Nein, unmöglich.«

»Nun, wollen wir mal sehen. Ich untersuche Sie jetzt, und dann geben Sie Urin vorne im Labor ab. Wir machen einen Schwangerschaftstest.«

Eine Viertelstunde später wurde ich ins Sprechzimmer gerufen.

»Ich will nicht um den heißen Brei herumreden«, sagte Frau Dr. Melker. »Sie sind schwanger. Ungefähr in der sechsten Woche.«

Ich schnappte nach Luft wie ein Fisch auf dem Trokkenen. »Aber ... aber ... das ist unmöglich! Ich habe seit gottweißwielanger Zeit mit keinem ...«

Dann durchzuckte es mich glühendheiß. Gregor!

»Ja, Frau Voss?« sagte Frau Dr. Melker. »Frau Voss! Kippen Sie mir hier nicht um!«

»Ich doch nicht«, flüsterte ich. »Sind Sie ganz sicher?«

»Hundertprozentig. Frau Voss, Sie sind so blaß.«

Kein Wunder. Die gute Frau Doktor hatte mir eben den Schock meines Lebens verpaßt.

»Ich will aber doch gar kein Kind!« stotterte ich. »Ich bin geschieden!«

Frau Dr. Melker tätschelte mir die Hand.

»Denken Sie in aller Ruhe darüber nach. Lassen Sie sich bei Pro Familia beraten. Wenn Sie dann nach reiflicher Überlegung zu dem Schluß gekommen sind, daß Sie das Kind nicht austragen können oder wollen, sprechen wir noch einmal miteinander über eine mögliche Indikation. Ja?«

»Ja!« flüsterte ich und wankte aus dem Sprechzimmer.

Es war nur höherer Fügung zuzuschreiben, daß ich heil zu Hause ankam, denn ich fuhr wie in Trance. Das durfte doch nicht wahr sein. Schwanger. Ausgerechnet ich. Und ausgerechnet von Gregor.

Irgendwie war ich so daran gewöhnt, daß ich per Pille verhütete, wenn ich mit Gregor schlief, daß ich an jenem bewußten Abend nicht daran gedacht hatte, daß ich die Pille gar nicht mehr nahm.

Ich hatte überhaupt nichts gedacht.

Und jetzt hatte ich den Salat.

Dann fiel mir ein, daß Gregor ja auch mit Gina und Franziska und mit gottweiß wem sonst sich vergnügt hatte, und sofort sah ich mich, im Endstadium von Aids, ausgemergelt im Krankenhaus liegen, und niemand kam mich besuchen, weil sie alle Angst vor mir hatten. Mir war auf einmal so schlecht, daß ich ins Bad rannte und mich übergab. Danach ging es mir etwas besser, aber ich war ganz zittrig und fror. Ich wickelte mich in eine Decke, nahm Lazarus auf den Schoß und versuchte nachzudenken.

Ich wollte kein Kind. Nicht damals, als ich noch verheiratet war, und jetzt schon gar nicht. Und überhaupt sowieso keins von Gregor. Also Abtreibung. Ich hatte keine Lust, mich vor unmenschlichen behördlichen Instanzen rechtfertigen zu müssen, warum ich das Kind nicht wollte, und einen Spießrutenlauf durchzustehen, um dann die Indikation vielleicht doch verweigert zu bekommen. Oder so lange hingehalten zu werden, bis es für eine Abtreibung zu spät war. Also blieb nur Holland. Wie kam ich an die Adresse einer Abtreibungsklinik?

Angelika.

Angelika mit ihren Frauengruppen war die Richtige. Sie kannte sich aus in der *scene*. Sie mußte mir helfen.

Angelika war zu Hause, als ich anrief.

»Grüß dich, Angelika«, sagte ich. »Ich habe ein Problem, können wir uns treffen?«

»Duuu hast ein Problem?« kam es zweifelnd zurück.

»Kann ich zu dir kommen?«

»Ich komm zu dir«, sagte Angelika mürrisch. »Bin in einer halben Stunde da.«

Die nächsten fünfundvierzig Minuten bis zu Angelikas Ankunft gehören zu den längsten und unangenehmsten meines Lebens. Um mich zu beruhigen, verschlang ich eine Tafel Schokolade, die prompt wieder hochkam, und rannte im Wohnzimmer herum wie der Tiger im Käfig.

Endlich, endlich klingelte es. Als ich sie in der Tür stehen sah, ernst, ungeschminkt, mit ihrem Raspelkopf und dem langen Ohrring im rechten Ohr, fühlte ich mich sehr erleichtert.

»Gott sei Dank, daß du da bist.«

»Du bist ja völlig aufgelöst«, stellte Angelika fest. »Hast du jemanden umgebracht oder so?«

Fast ins Schwarze getroffen, dachte ich. Ich hatte zwar noch niemanden umgebracht, aber ich war fest entschlossen, es zu tun.

»Ich bin schwanger.«

Das saß. Angelika stand der Mund offen.

»Ich will das Kind nicht. Ich meine, was soll ich mit einem Kind? Ich bin geschieden, ich bin berufstätig, habe kein Kindermädchen, und überhaupt und sowieso. Ich kann es nicht bekommen. Du mußt mir die Adresse einer Abtreibungsklinik in Holland besorgen.«

Angelika wurde abwechselnd rot und blaß.

»Weißt du, daß ich seit fünf Jahren versuche, schwanger zu werden?« sagte sie leise.

»Du? Ja, aber wie denn . . . ich meine . . .?«

»Oh, ich schlafe auch mit Männern. Daran führt nun mal kein Weg vorbei, oder? Ich will ein Kind und will es mit Frauen großziehen. Verstehst du?«

»Aha.«

»Würdest du . . . ich meine, könntest du dir vorstellen, das Kind auszutragen und von mir aufziehen zu lassen? Ich war beim Arzt, Thea. Er hat mir wenig Hoffnung auf ein eigenes Kind gemacht.« Sie senkte den Kopf. »Ich hätte so gern ein Baby. Es würde mein ganzes Leben verändern.«

Kinder, Kinder. Sabine hatte es erwischt, Melanie traute ich ohne weiteres ein drittes Kind zu, Roberto verzehrte sich nach Nachwuchs. Und jetzt die emanzipierte Angelika, die in jungen Jahren die Mutterrolle als degradierend für Frauen abgelehnt hatte. Wenn es mir nicht so schlechtgegangen wäre, hätte ich beinahe lachen müssen. Ich war anscheinend die einzige weit und breit, die sich nicht vermehren wollte. »Ich weiß nicht, ob ich das könnte, Angelika«, sagte ich. »Ein Kind neun Monate austragen, es kriegen und dann weggeben. Ich weiß, es heißt immer, Adoption ist die Alternative zu Abtreibung, aber . . . ich meine, jetzt ist es doch noch gar kein richtiges Kind. Erst stecknadelkopfgroß. Ein Zellhaufen. Ich glaube, für mich kommt nur Holland in Frage.«

Angelikas Gesicht war verschlossen, als sie sagte: »Ich hab mal abgetrieben. Da war ich sechzehn. Ich war noch auf der Schule, und meine Eltern haben mir die Hölle heiß gemacht. Da hab ich's getan und war erleichtert hinterher. Zumal der Kerl, von dem es war, sich natürlich aus dem Staub gemacht hat, als er hörte, was Sache war. Aber jetzt denke ich immer wieder, ich hätte es nicht tun sollen. Seit Jahren möchte ich unbedingt ein Kind, und es klappt nicht. Vielleicht ist das die Strafe.«

Angelika ist streng katholisch erzogen worden und hat trotz Frauenbewegung und Selbsterfahrung den üblichen Schuld-und-Sühne-Komplex.

»Angelika . . . bitte.«

»Ich kann dir keine Vorschriften machen. Dein Bauch gehört dir, und dahinter stehe ich voll. Aber versprich mir, daß du's dir sehr gründlich überlegst. Und rede mit jemandem darüber. Wer ist denn der Vater?«

Typisch für Angelika, danach als letztes zu fragen.

»Niemand, den du kennst«, log ich.

Angelika stand auf.

»Ich besorge dir eine Adresse. Ich rufe dich morgen oder übermorgen an.«

Ich fühlte, wie mir die Tränen in die Augen schossen. »Danke«, flüsterte ich.

Nachdem die Entscheidung gefallen war, wollte ich nicht mehr an mein Problem denken, bis Angelika die Adresse besorgt hatte. Um nicht doch ins Grübeln zu kommen, ging ich Sabine besuchen. Das war ein Fehler, wie sich zeigen sollte.

Sabine begrüßte mich freudig (sie wollte mit Maja an die Luft und war entzückt, ein Opfer gefunden zu haben, das mitging).

»Aber Zeit für einen Kaffee muß sein«, sagte sie.

Sie war kaum in der Küche, als ein klagendes Heulen aus Majas Zimmer ertönte.

»Oh, sie ist schon wach. Holst du sie mal raus, Thea? Sie hat Hunger.«

»Willst du nicht lieber selber gehen, und ich koche Kaffee?« fragte ich hoffnungsvoll.

»Kommt nicht in Frage! Du wirst doch noch ein Baby aus dem Bettchen holen können!«

Majas Klagen wurde lauter. Ich schlich ins Kinderzimmer und hob sie aus ihrem Bettchen. Sie hörte auf zu weinen, als ich sie im Arm hatte, und sah mich mit großen Augen an. Dann grinste sie zahnlos, sehr flüchtig, aber sie lachte und sah mir in die Augen. Da war's um mich geschehen. Ich dachte, daß das stecknadelkopfgroße Etwas, das sich bei mir eingenistet hatte, niemals lachen und mich ansehen würde, niemals vertrauensvoll meine Finger umklammern würde. Daß ich ihm sein Leben nehmen würde, weil es nicht in mein eigenes paßte.

Prompt brach ich in Tränen aus. Ich schluchzte wie ein Schloßhund, und Maja heulte aus Sympathie mit. So fand uns Sabine.

»Was ist denn hier los?«

Ich floh ins Wohnzimmer, rauchte hastig zwei Zigaretten und wartete. Auf einmal hatte ich das dringende Bedürfnis, mit Sabine über das Kind zu sprechen. Sie kam nach einer guten Weile mit zwei Bechern Kaffee.

»Maja schläft schon wieder«, bemerkte sie. »Ich hätte nie gedacht, daß Babys so viel schlafen.«

»Sabine ...«, sagte ich.

»Ja?«

»Ich bin schwanger.«

Ich sah sie nicht an, aber ich hörte, wie sie scharf die Luft einsog.

»Von wem?«

»Gregor«, murmelte ich.

»Was!« kreischte sie.

»Wir sind nicht wieder zusammen, wenn du das meinst. Es ist nur einmal passiert. Ich will das Kind nicht. Angelika besorgt mir eine Adresse in Holland.«

Ich heulte wieder.

Sabine setzte sich neben mich aufs Sofa.

»Es ist deine Entscheidung, und ich will dir nicht reinreden. Aber bist du ganz sicher, daß du das Kind nicht willst?«

»Ja. Nein. Ach, ich weiß nicht. Erst war ich ganz sicher. Dann kam ich dumme Nuß hierher. Ich hab Maja gesehen. Und wenn ich dran denke, daß mein Kind auch mal lacht und mich so anschaut, wenn ich nicht ... Ich meine, wenn ich's nicht tue ... aber natürlich ist es zur Zeit ja nur ein Stecknadelkopf. Ich meine, es ist noch gar kein richtiges Baby.«

»Wie weit bist du?« fragte Sabine sachlich.

»Sechste Woche ungefähr«, flüsterte ich.

»Sechste Woche. Dein Kind ist etwa einen Zentimeter groß. Es hat Händchen und Paddelfüße und Augen in einem kleinen Gesicht. Sieht so ein Stecknadelkopf aus?«

»Hör auf«, sagte ich.

Sabine nahm meine Hand.

»Ich will dich nicht unter Druck setzen. Jede Frau muß

eine solche Gewissensfrage ganz allein entscheiden. Niemand hat das Recht, sich darüber ein Urteil anzumaßen, ob eine Frau sich für oder gegen ein Kind entscheidet. Aber überlege es dir gut. Ich meine, du bist einunddreißig, du bist finanziell unabhängig. Du hast genug Platz. Du könntest dir sogar ein Kindermädchen leisten, damit du weiterarbeiten kannst, wenn das Baby da ist. Hast du . . . ich meine, weiß Gregor von dem Kind?«

»Nein. Die Sache geht ihn nichts an.«

»Hmm«, machte Sabine.

»Komm, laß uns spazierengehen«, sagte ich. »Ich muß an die frische Luft.«

Sabine legte die friedlich schlafende Maja in den Kinderwagen, deckte sie mit einer Wolldecke zu, und wir schoben los. Es war ein warmer, sonniger Tag, und als wir durch den Park gingen und die Teichenten mit altem Brot fütterten, fühlte ich mich besser. Wir setzten uns auf eine Bank, und ich rauchte eine Zigarette.

»Meinst du, ich würde das schaffen mit einem Kind? Ich stelle es mir sehr, na, anstrengend vor. Ich glaube, ich hätte die Nerven nicht.«

»Wenn es nur danach ginge, wäre die Menschheit längst ausgestorben. Nur Mut! Was andere können, kannst du auch.«

»Na ja, wenigstens wachsen kleine Kinder ziemlich schnell, oder? Ich meine, mit drei käme es ja schon in den Kindergarten. Und bis dahin könnte ich halbtags ein Kindermädchen einstellen«, sagte ich zögernd. »Finanziell müßte ich mich zwar ein bißchen einschränken, aber es ginge, denke ich. Ich hab ja ganz nett von meinen Eltern geerbt, und verdienen tu ich auch nicht schlecht.«

»Gregor würde dir bestimmt Unterhalt zahlen ...«, begann Sabine, aber ich ließ sie nicht ausreden.

»Gregor hat nichts mit dem Kind zu tun!«

Sabine zog die Augenbrauen hoch, schwieg aber klugerweise. Ich drückte meine Zigarette aus und stand auf.

»Ich geh jetzt. Ich muß in Ruhe über alles nachdenken.«

»Tu das«, sagte Sabine. Sie sah nicht im mindesten beunruhigt aus, so als wüßte sie genau, wie ich mich entscheiden würde.

Sie hatte natürlich recht.

Als ich am nächsten Tag Angelika mitteilte, daß ich das Kind bekommen wollte, stieß sie einen Seufzer der Erleichterung aus.

»Uff. Da bin ich richtig froh. Ich hätte mir doch Vorwürfe gemacht.«

»Du dir Vorwürfe? Ja wieso denn?«

»Ach, weiß nicht. Du, ich finde das toll, daß du dein Kind allein großziehen willst. Wie wär's, komm doch donnerstags in unsere Gruppe ›Frauen und Kinder in einer patriarchalischen Gesellschaft‹. Da sind unheimlich viele alleinerziehende Mütter. Du hast Solidarität nötig, verstehst du.«

Ganz die alte Angelika. Jeden Tag ein anderes Gruppenerlebnis.

Sabine war nicht erstaunt, als ich ihr meinen Entschluß mitteilte.

»Du hättest es nie fertiggebracht. Du hast nicht die Nerven. Unter der rauhen Schale steckt ein Herz aus Wackelpudding.«

»Wenn ich mich in einer echten persönlichen Notlage

befände, hätte ich sehr wohl die Nerven«, sagte ich und wußte, daß es stimmte.

Frau Dr. Melker war entzückt.

»Ich bin sehr froh, daß Sie sich für Ihr Kind entschieden haben, Frau Voss«, sagte sie. »Sie sind gesund wie ein Pferd. Kommen Sie nächsten Monat wieder zur Untersuchung.« Ich war sehr erleichtert, daß alles in Ordnung war. Besonders über die Tatsache, daß der Aids-Test, auf dem ich bestanden hatte, negativ ausgefallen war.

Es war komisch, aber als die schreckliche Übelkeit vorbei war, fing ich an, mich regelrecht auf das Kind zu freuen. Ich kaufte kluge Zeitschriften wie *Eltern* und *Ja zum Baby*, bestellte dicke Wälzer über Schwangerschaft, Geburt und Säuglingspflege und verzehrte wahre Berge von vitaminreichem Grünzeug.

Ich überlegte, wie das Baby wohl aussehen würde. Ob es rote Haare hatte wie ich? Würden die Augen grau wie Gregors oder grün wie meine sein? Diese brennenden Fragen diskutierte ich ausführlich mit Sabine. Sonst erzählte ich niemandem etwas über meine Schwangerschaft, noch nicht mal Frau Blank, meiner Putzfrau.

Im November (das Kind wurde Ende März erwartet) war ich allerdings so rund, daß ich mit der Sprache herausrücken mußte. Als erstes rief ich Roberto an und teilte ihm die frohe Kunde mit.

»Ich hab mich schon gewundert, wie fett du geworden bist!«

»Danke für das Kompliment, Roberto«, sagte ich ätzend. »Überleg doch mal, wie *du* im fünften Monat aussehen würdest!«

Roberto lachte. »Ich wäre stolz auf meinen Bauch!«

Das glaubte ich ihm sogar, obwohl er zur Zeit andere Aspekte der Paarung als die Fortpflanzung im Sinn hatte. Roberto war frisch verliebt und schwebte drei Meter über dem Straßenpflaster.

Roland hieß der Glückliche. Ich hatte den Verdacht, daß Rolands Hauptattraktion die Tatsache war, daß er Ricardo verblüffend ähnlich sah. Aber das sagte ich Roberto natürlich nicht. Er mußte selbst herausfinden, daß in Rolands hübschem schwarzgelocktem Köpfchen neben dem kontinuierlichen Entzücken über seine eigene Schönheit nicht viel vorhanden war.

Als nächstes informierte ich Frau Blank. Sie war nicht im mindesten überrascht.

»Ach, ich hab mir schon so was gedacht«, verkündete sie und strahlte über ihr ganzes rundes, ehrliches Gesicht. »Umsonst kauft die Frau Voss doch nicht so komische Zeitschriften und so viele Bücher über Babys und so, hab ich gedacht. Wann ist es denn soweit?«

»Ach, irgendwann im März.«

»Schad, daß das der Herr Gregor ... hoppla, Verzeihung. Na ja, ich find's schön, ein Baby im Haus zu haben. Hab ja selbst vier Enkelchen.«

Ich sah ihr an, daß sie für ihr Leben gern nach dem Vater gefragt hätte, aber sie beherrschte sich eisern. Sie tat so, als sei Jungfernzeugung beim Menschen eine ganz alltägliche Sache, und das rechnete ich ihr hoch an.

Melanie mußte ich natürlich auch über meinen Zustand unterrichten. Ich hatte sie ein paarmal bei Sabine getroffen, und in letzter Zeit hatte sie mir seltsam forschende Blicke zugeworfen. Ganz gegen ihre Gewohnheit hielt sie aber den Mund, obwohl ich den Verdacht hatte, daß sie etwas ahnte. Ich beschloß, sie für ihren Takt zu belohnen, und lud sie und Sabine nebst Nachwuchs zum Kaffee ein. Biene Maja lag auf einer Decke auf dem Wohnzimmerboden und gurgelte und krähte vor sich hin. Sie war jetzt fast fünf Monate, mit einem dichten blonden Flaum auf dem Köpfchen und von fröhlicher, unkomplizierter Gemütsart. Ich hoffte inständig, daß mein Kind auch so friedlich sein würde. Schließlich war ich Anfängerin, unfreiwillig noch dazu, und da wäre ein pflegeleichtes Modell schon sehr schön zum Üben.

Melanies Plagegeister waren bei der Oma.

»Du hättest sie ruhig mitbringen können«, sagte ich und nahm mir noch einen Berliner. (Es war der dritte.)

»Sie hätten sich doch nur gelangweilt«, gab Melanie zurück. »Hier gibt's ja kein Spielzeug.«

»Nun, das wird sich bald ändern«, sagte ich und biß genüßlich in das Gebäck. »Ich bin schwanger.«

Unglücklicherweise hatte Melanie gerade ein Stück Kirschkuchen im Mund, welches sich durch den Schock in die falsche Kehle verirrte und einen Hustenanfall auslöste. Melanie lief erst rot, dann tiefviolett an und würgte zum Erbarmen. Ich klopfte ihr mitleidig auf den Rücken. Endlich war der Anfall vorbei.

»Ich hab's geahnt! Du bist so dick geworden, vor allem oben herum und im Gesicht«, keuchte sie. »Aber es so unverblümt aus deinem Mund zu hören ... gütiger Himmel!«

»Was hätte ich denn sagen sollen?« erkundigte ich mich. »Der Storch hat mich ins Bein gebissen?«

»Du hast recht. Ein Hammer bleibt ein Hammer, egal wie man ihn verpackt«, murmelte sie. »Wer ist der Vater?«

»Niemand, den du kennst.«

Melanie rang sich ein Lächeln ab.

»Wer weiß. Vielleicht tut ein Kind dir gut. Holt dich auf den Boden der Tatsachen zurück.«

Ich fragte nicht, was sie mit dieser Bemerkung meinte, denn ich wollte es mit ihr nicht verscherzen. Sie war ein unerschöpflicher Quell der Information über alles, was auch nur entfernt mit Babys zusammenhing, und sie war bereit, den Schatz ihres Wissens mit mir zu teilen, denn ich war aufgenommen in die Geheimgesellschaft der Perfekten Mütter (Schwangerschaft reichte als Eintrittskarte).

Melanie verbreitete die Nachricht von meinem Zustand wie ein Lauffeuer in der Stadt. Daß sie sich nicht mit einem Megaphon auf den Marktplatz stellte, war wirklich alles. So rief denn auch prompt Marina an.

»Was höre ich da, du kriegst ein Kind?« kreischte eine schrille Stimme aus dem Hörer.

Im ersten Moment wußte ich gar nicht, wen ich da an der Strippe hatte.

»Wer ist denn da?« fragte ich vorsichtig.

»Na, ich bin's, deine gute Freundin Marina. Sag mal, ganz unter uns natürlich, wer ist denn der Vater?«

»Sag mal, ganz unter uns, woher beziehst du eigentlich deine Informationen?«

»Von Melanie Förster. Hab sie gestern bei R & R getroffen. Hach, da fällt mir ein, dieser Roberto wird auch immer ungeschickter. Frau Förster und ich haben uns grade so interessant unterhalten, und da ist er doch mit der Schere ausgerutscht und hat mich ins Ohr gezwickt. Empörend!« Sie bettelte im Kleinmädchenton:

»Thealein, mir kannst du es doch sagen. Wer ist denn nun der Vater?«

»Ich sage nur: Samenbank«, flüsterte ich und legte auf.

Es war interessant, wie viele Leute in den nächsten Tagen bei mir anriefen, um sich nach meinem Gesundheitszustand zu erkundigen und nebenbei zu fragen, wer denn der Vater . . . und so weiter. Es waren Leute darunter, von denen ich seit Jahren nichts gehört und gesehen hatte, ja, an deren Namen ich mich kaum noch erinnerte.

Nur einer rief nicht an, und das war Gregor. Ich hatte ihn seit dem fatalen Morgen danach nicht mehr gesehen. Von Sabine wußte ich aber, daß er nach wie vor in der Händelstraße wohnte und viel ausging.

Laut Sabines Quellen traf man ihn im Theater, in schicken Restaurants, auf Parties, bei Vorträgen, Dichterlesungen und Konzerten. Manchmal allein, aber meistens in Begleitung exquisiter junger Damen. Keine über fünfundzwanzig und fünfzig Kilo bei einem IQ von ungefähr achtzig.

Laut einer zuverlässigen Quelle von Sabines Quelle behandelte er seine Begleiterinnen miserabel. Er fand nichts dabei, sie einfach irgendwo in einer Galerie stehenzulassen, wenn er Lust dazu verspürte, und machte sich auf Parties allein davon. Gern auch unterbrach er seine Miezen in Gesellschaft mitten im Wortschwall, um sie in all ihrer Dämlichkeit vor anderen bloßzustellen. Kurzum, er entpuppte sich als der mieseste, überheblichste und schlechtesterzogene Macho aller Zeiten.

Niemand vermochte zu sagen, wo und wann er seine untadeligen Manieren verlegt hatte. Ungerechterweise tat das seiner Beliebtheit keinen Abbruch. Die Créme de la créme riß sich mehr denn je um ihn. Ja, seine dramatischen Auftritte in der Öffentlichkeit (gepaart mit gutem Aussehen und dem nötigen Kleingeld natürlich) hüllten ihn in eine Aura von Glanz und Glamour, die offenbar alle Frauen unwiderstehlich fanden. Jedenfalls standen sie Schlange, um sich von Gregor schlecht behandeln zu lassen.

9

Den ganzen Winter über brütete ich mit Hingabe und polsterte mein Nest.

Ich kaufte winzige Hemdhöschen, Strampler, Frotteeschühchen, Pullöverchen, Mützchen.

Wundcreme, Windeln, Windeleimer, Fläschchen, Sauger, Tee, Flaschenbürste.

Eine Wickelkommode, eine Wiege, einen Kinderwagen, einen Baby-Autositz. Ein Tragetuch.

Ich war entsetzt, wie kostspielig eine solche Ausrüstung war.

»Nur das erste Kind ist so teuer«, beruhigte mich Melanie. »Beim zweiten hast du dann alles.«

»Das ist mir ein echter Trost«, bemerkte ich.

Ende März kam der Frühling. Die Vögel veranstalteten morgendliche Platzkonzerte, die Sonne schien von einem blankgeputzten Himmel, und es lag eine solche Erwartung in der Luft, daß ich es nicht im Haus aushielt. Majestätisch watschelte ich in meinen Birkenstocksandalen durch die Straßen.

An einem besonders milden Spätnachmittag führten mich meine Wanderungen wie von selbst in die Händelstraße.

Da stand ich nun in meiner gut gefüllten Umstandslatzhose, die ich von Sabine geerbt hatte, und starrte Gregors Haus von der gegenüberliegenden Straßenseite an. Zu blöde. Und noch blöder war die Tatsache, daß just in diesem Augenblick Gregors grauer Jaguar um die Ecke bog und vor dem Haus parkte.

Ich sah mich panikerfüllt nach einem Versteck um, aber außer einer Straßenlaterne, hinter der ich mich auch im Normalzustand nicht hätte verbergen können, war nichts in Sicht. Ich blieb also, wo ich war, und wünschte nur, ein (sehr großes) Loch möge sich im Pflaster auftun und mich verschlingen. Was sollte Gregor von mir denken, wenn er mich hier stehen und sein Haus betrachten sah wie ein hungriger Hund einen Knochen?

Gregor stieg aus und öffnete die Beifahrertür. Es entstieg eine langbeinige Blondine in einem grünen Catsuit. Kein Wunder, daß er nicht auf die andere Straßenseite guckte, wo eine kugelige Person den Kopf einzog und hastig davonschlich.

Aber ich hatte nicht mit Gregors Adlerblick gerechnet. Ich war so beschäftigt mit meiner demütigenden Flucht, daß ich beinahe einen Herzschlag bekam, als sich eine Hand auf meinen Arm legte und eine Stimme »Thea« sagte.

Angriff ist die beste Verteidigung, dachte ich und stotterte: »Sie müssen mich verwechseln.«

»Sei nicht albern«, sagte Gregor liebenswürdig. »Du bist zwar augenblicklich beinahe so breit wie hoch, aber immer noch eindeutig zu identifizieren. Wann kommt das Kind?«

»Demnächst«, murmelte ich. »Laß meinen Arm los.«

Seine Hand zuckte zurück.

»Ich bringe dich nach Hause.«

»Ich will aber gar nicht nach Hause.«

»Sei nicht so stur. Ich muß mit dir reden.«

»Es gibt nichts zu reden«, sagte ich störrisch.

»Ich weiche nicht von deiner Seite, bis ich mit dir gesprochen habe«, drohte er.

Seine Augen waren zu schmalen Schlitzen verengt, die Lippen hatte er zusammengepreßt. Ich kannte dieses Gesicht. Es bedeutete, daß Gregor sich durch nichts, aber gar nichts, von etwas abbringen ließ.

Ich seufzte. »Gut. Du kannst mich nach Hause bringen und meinetwegen auf einen Kaffee mit reinkommen. Sonst gibst du ja doch keine Ruhe.«

»Da hast du verdammt recht«, sagte Gregor grimmig.

Er hielt sich an meiner Seite und schwieg ebenso beharrlich wie ich. Ich dachte flüchtig, daß wir wohl ein komisches Paar abgaben, Gregor so lang und dünn, und ich so klein und kugelrund. Die Leute schienen das auch zu finden, denn die meisten grinsten uns im Vorbeigehen wohlwollend zu.

»Willst du Kaffee?« fragte ich Gregor.

»Tee, bitte«, sagte er. »Ich koche ihn.«

Ich ließ mich im Wohnzimmer auf die Couch fallen und legte die Füße auf den Couchtisch. Aah! Das tat gut. Meine Beine und Füße waren von der langen Wanderung geschwollen. Es ging mir überhaupt nicht so prächtig, wenn ich recht darüber nachdachte. Ich spürte ein leises Ziehen im Rücken und ab und zu ziehende Schmerzen im Bauch. Ich stand auf und ging ein bißchen herum. Die Schmerzen verschwanden. Gregor kam mit einem Tablett herein und schenkte Tee ein. Er tat das sehr konzentriert und sagte dabei, ohne mich anzusehen: »Das Kind ist von mir, nicht wahr?«

Ich erschrak. »Quatsch. Wie kommst du denn auf die

Idee?« Er schaute mich an, und ich erschrak noch mehr, als ich seine Augen sah. Gregor war wütend. Er war sogar außerordentlich wütend.

Ich beschloß, zum Gegenangriff überzugehen.

»Von wem das Kind ist, geht dich gar nichts an. Was interessierst du dich überhaupt auf einmal dafür? Wie ich unser Städtchen kenne, weißt du länger von meiner Schwangerschaft als ich. Es hat dich aber nie gekümmert, denn du hast dich kein einziges Mal gemeldet. Warum solltest du auch? Ich meine, was geht es einen Exmann an, wenn seine geschiedene Frau ein Kind kriegt?«

»Eine ganze Menge, wenn das Kind von ihm ist.«

»Das Kind ist nicht von dir, verdammt noch mal!« kreischte ich.

Ein scharfer Schmerz durchzuckte mich, und ich schnaufte und preßte die Hände auf den Bauch. Wie der Blitz war Gregor neben mir.

»Was ist?«

»Ach, nichts. Das Brüllen bekommt mir nicht, das ist alles.« Er setzte sich neben mich und drehte mich an den Schultern zu sich herum.

»Warum gibst du nicht zu, daß das Kind von mir ist?«

Ich zog die Luft ein, denn der komische Schmerz war wieder da.

Als ich wieder reden konnte, sagte ich: »Was soll das Ganze überhaupt? Selbst wenn es von dir wäre, hättest du keine Rechte. Wir sind nicht verheiratet.«

»Thea. Warum müssen wir streiten. Schau, ich wollte dich schon die ganze Zeit sehen. Aber ich hatte Angst, du würdest mir die Tür vor der Nase zuknallen. Ich hab mir gedacht, ich warte, bis das Kind da ist, und rede dann im Krankenhaus mit dir. Da kannst du nicht weglaufen, und rausschmeißen kannst du mich auch nicht so einfach. Aber eben, als ich dich da so verloren und kugelrund auf der Straße stehen sah, konnte ich es nicht mehr aushalten. Ich mußte einfach mit dir sprechen. Es ist doch auch mein Kind.«

Woher kam nur diese hartnäckige Überzeugung, daß das Kind von ihm war?

»Es ist nicht dein Kind!« fauchte ich. »Es ist mein Kind!«

»Es ist auch mein Kind!« brüllte Gregor.

»Ist es nicht!« schrie ich zurück.

Ich kam mir vor wie im Kindergarten: »Das ist meine Schaufel!« »Nein, meine!« »Meine!!«

Ein furchtbarer Schmerz preßte meinen Bauch mit eiserner Faust zusammen, und unwillkürlich schrie ich auf. Gregor hielt mich fest, und ich war ihm sehr dankbar dafür. Ich krallte mich an ihn, was das Zeug hielt, und als die Welle vorbei war, keuchte ich: »Du fährst mich besser ins Krankenhaus.«

Gregor ließ mich los und strich mir das Haar aus der Stirn. Ich war zu schwach, um mich zu wehren.

»Hast du einen Koffer oder so was?«

»Im Schlafzimmer«, flüsterte ich.

Ich fühlte, wie eine weitere Welle heranrollte, und versuchte so zu atmen, wie ich es in der Schwangerschaftsgymnastik gelernt hatte. Aber die Woge war so heftig, daß es mir den Atem verschlug. Das war ungewöhnlich. Laut Lehrbuch befand ich mich doch erst in der Eröffnungsphase. Die Kontraktionen hatten kein Recht, alle paar Minuten mit solcher Heftigkeit zu kommen.

Als die Wehe vorbei war, ließ mich Gregor los und rannte die Treppe rauf, um meinen Koffer zu holen. Er war kaum draußen, als wieder eine Wehe heranrollte, so stark diesmal, daß ich laut schrie.

Und dann ging es Schlag auf Schlag. Eine glühende Zange preßte meinen Bauch zusammen, ließ kurz los, um noch grausamer zuzukneifen. Irgendwann kauerte ich stöhnend auf allen vieren auf dem Teppich. In dieser Stellung waren die Schmerzen besser zu ertragen. Gregor hielt mich fest und murmelte mir beruhigend zu, er hätte nach einem Krankenwagen telefoniert und die Sanitäter müßten gleich da sein. Aber ich wußte, daß es zu spät war.

Bei der nächsten Wehe, die mich wie ein Krampf schüttelte, ging das Fruchtwasser in einem Schwall ab (oh, verflucht, der gute Teppich, dachte ich wie in einem Nebel), und ich spürte einen unwiderstehlichen Drang zu pressen.

Eins muß man Gregor lassen. In kritischen Situationen wächst er über sich hinaus. Anstatt laut um Hilfe schreiend davonzurennen, schleifte er mich vorsichtig zum Sofa, damit ich mich dagegenlehnen konnte, und zog mir die klatschnasse Hose aus. Während ich verzweifelt versuchte, nicht zu pressen, flitzte er davon und kam mit einem Stapel Handtücher wieder, die er unter mir ausbreitete.

»Halt durch. Der Krankenwagen muß jede Minute hier sein«, sagte er. Seine Stimme klang ganz ruhig. Ich fühlte Bewunderung.

Dann kam die nächste Preßwehe.

»Bleib bloß hier!« schrie ich, obwohl er keine Anstalten machte, sich zu entfernen, und diesmal preßte ich mit. Ich konnte nicht anders. Ich spürte, wie etwas Riesiges sich den Weg aus meinem Körper erzwang, und glaubte zu zerreißen. Ich schrie. Gregor hielt mich fest, und wenige Minuten später lag unser Sohn, ein verschmiertes, brüllendes Bündel, zwischen meinen Beinen.

Gregor hob ihn hoch, wischte ihm behutsam mit seinem Taschentuch das Gesichtchen ab, legte ihn mir auf den Bauch und deckte ihn mit einem Handtuch zu. Ein idiotisches Grinsen breitete sich auf seinem Gesicht aus.

»So was nennt man Sturzgeburt, glaube ich.« Er küßte mich auf den Mund. »Und was der Bengel schreien kann. Ganz dein Sohn.«

Ich brach in Tränen aus, so erleichtert war ich, daß mir nichts mehr weh tat und daß es dem Kind gutging. Wer so schreien konnte, dem konnte nicht viel fehlen.

»Was ist mit der Nabelschnur?« fragte ich.

Gregor winkte erschrocken ab. »Die lassen wir schön dran. Ich bin doch keine Hebamme.«

»Du hast aber Talent.«

Aus der Ferne erklang hektisches Tatü-Tata, das rasch näher kam.

Gregor sah auf die Uhr. »Die haben sich ganz schön Zeit gelassen.«

Mein Sohn hatte sich inzwischen beruhigt und lag still auf meinem Bauch. Sein kleines Gesicht war zur Seite gedreht und ganz verquetscht, aber die Schlitzäuglein musterten mich aufmerksam.

»Er hat rote Haare«, bemerkte ich zufrieden. »Mein Kind.«

Mein Sohn Jonas und ich kamen natürlich in die Zeitung. Die Presse hatte unbedingt auch ein Foto von Gregor machen wollen, aber der hatte sich kategorisch geweigert.

Sabine las laut vor:

»*Dramatische Sturzgeburt: Exehemann entbindet geschiedene Frau von gesundem Sohn.*

Gregor Voss, Inhaber und Geschäftsführer des XYZ-Verlages, weilte gerade zum Tee bei seiner geschiedenen Frau Thea, als bei der hochschwangeren jungen Frau die Wehen einsetzten. Der herbeigerufene Krankenwagen kam bei der dramatischen Sturzgeburt zu spät. Gregor Voss spielte beherzt Hebamme und entband seine Exfrau von einem gesunden siebenpfündigen Jungen. Mutter und Sohn sind wohlauf und erholen sich von den Strapazen der Geburt in einem städtischen Krankenhaus.«

Mein siebenpfündiger Sohn befand sich im Säuglingszimmer, wo er gebadet wurde. Sonst hätte ich auch keine Chance gehabt, mich mit Sabine zu unterhalten. Jonas schrie beinahe unaufhörlich, und er hatte ausgezeichnete Lungen. Ich hatte auf Rooming-In bestanden, aber letzte Nacht war ich so entnervt und erschöpft von Jonas' Gebrüll gewesen, daß die Schwester den Kleinen mit ins Säuglingszimmer genommen hatte.

»Er ist ein ausgesprochener Schreier«, erklärte sie mir mitleidig. »So was gibt's. Ich schlage vor, Sie geben ihn wenigstens nachts bei uns ab. Nutzen Sie die Gelegenheit. Wenn Sie mit dem Kleinen zu Hause sind, haben Sie noch genug schlaflose Nächte.«

Da ich sowieso nicht stillte, war ich mit dieser Regelung sehr einverstanden. Jonas wanderte also nach der letzten Flasche um zehn ins Säuglingszimmer und wurde mir morgens um halb sechs zum Füttern wieder gebracht. Gegen acht holte man ihn dann zum Baden, und um halb zehn bekam ich ihn zurück.

Sabine nutzte diese Zeit, um auf einen Sprung vorbeizukommen.

»Dieses Kind schreit einfach ständig«, seufzte ich.

»Aber er muß doch auch mal schlafen!« wunderte sich Sabine.

»Er macht kurze kleine Nickerchen. Und jedesmal, wenn ich denke, jetzt ratzt er ein paar Stunden, ist er wieder wach und brüllt.«

Sabine faltete die Zeitung zusammen und erkundigte sich: »War Gregor mal da?«

»Er kommt ständig. Morgens, bevor er in den Verlag fährt, und abends nach Feierabend. Die Rosen und die Orchideen sind von ihm. Zum Glück kommen wir nicht zum Reden, weil Jonas dauernd dazwischenkreischt. Gregor nimmt ihn auf den Arm und wandert im Zimmer herum. Aber das nützt auch nichts.«

»Thea ...«, setzte Sabine mit ernstem Gesicht an. »Es ist auch Gregors Kind. Meinst du nicht, daß du ihm eine Chance geben solltest?«

Ich stellte die Stacheln auf. »Er kann nicht wissen, daß es sein Kind ist, oder?«

Sabine betrachtete ihre Schuhspitzen. Sie trug sehr hübsche rote Pumps mit einer Schleife. Sie räusperte sich und scharrte mit den Absätzen. Ich beobachtete sie wie ein Habicht. »Sabine«, sagte ich sehr leise. »Gregor kann doch nicht wissen, daß das Kind von ihm ist, oder?«

Sie wich meinem Blick aus.

Da wußte ich Bescheid.

»Du Schlange!« schrie ich. »Du Verräterin! Du hast gequatscht. Du hast mein Vertrauen mißbraucht, du ... du ...« Ich erstickte fast an meinem Zorn.

»Stopp! Das reicht. Ich habe es nur für den Kleinen getan. Ich habe Gregor angerufen, weil ich es für das Beste hielt. Jedes Kind hat ein Recht auf einen Vater, Thea! Jedenfalls auf so einen wie Gregor. Weißt du, daß er sich immer Kinder gewünscht hat?«

»Das ist mir neu!« Am liebsten hätte ich sie erwürgt. »Er hat mich sitzenlassen, als er auf seinen Freiheitstrip ging, meine Liebe!«

Sabine zuckte die Schultern. »Dafür hast du ihn sitzenlassen nach eurer romantischen Nacht. Ihr seid quitt.«

Ich ließ mich erschöpft in die Kissen zurücksinken. Diese Auseinandersetzung war ungeheuer anstrengend und wenig befriedigend.

»Woher weißt du das?«

»Gregor und ich haben uns sehr lange unterhalten. Mehr als einmal, wenn es dich interessiert. Er wollte schon viel früher zu dir kommen, gleich als er von deiner Schwangerschaft erfuhr. Ich habe ihm abgeraten, weil ich genau wußte, daß du mit deinem sturen Kopf ihm nur die Tür vor der Nase zugeknallt hättest. Weißt du eigentlich, daß er dich liebt?«

»So ein Quatsch«, fauchte ich. »Hat er das etwa gesagt?«

»Dazu ist er viel zu zugeknöpft, aber es ist so klar, klarer geht's doch überhaupt nicht mehr.«

»Du siehst Gespenster.«

Sabine seufzte. »Du bist hoffnungslos.«

Wo hatte ich das nur schon mal gehört?

Zum Glück ging die Tür auf, und Schwester Monika kam mit Jonas herein. Er brüllte herzzerreißend. Sein Gesichtchen war dunkelrot angelaufen und harmonierte auf entzückende Weise mit dem karottenroten Schopf.

»Er hat Hunger«, sagte Schwester Monika.

Ich nahm das Fläschchen aus dem Wärmer auf dem Nachtschränkchen und prüfte fachmännisch die Temperatur, indem ich ein paar Tropfen aufs Handgelenk schüttete. Auch ich hatte über Nacht ein paar Tricks gelernt.

»Gerade richtig. Komm schon her, du kleiner Schreihals.« Ich steckte ihm den Sauger in den Mund, und es kehrte herrliche Stille ein. Jonas saugte emsig mit geschlossenen Augen. Schwester Monika lächelte mütterlich.

»Er ist ein goldiges Kerlchen, wenn er mal den Mund hält«, bemerkte sie.

Alle Schwestern hatten Jonas ins Herz geschlossen, obwohl er eine wahre Plage für sie war. Warum sie ihn so mochten, war mir schleierhaft. Selbst mir, die ihn neun Monate lang ausgebrütet und unter Schmerzen geboren hatte, fiel es schwer, ihn zu mögen, wenn er so unaufhörlich brüllte.

Sabine betrachtete meinen saugenden Sohn. Behutsam strich sie mit dem Finger über seinen roten Schopf.

»Er hat ein süßes Gesicht«, fand sie. »Wenn es nicht gerade rot vom Schreien ist.«

Ich stimmte ihr zu und war sehr stolz auf mich, ein so perfektes kleines Wesen produziert zu haben.

Der Begriff Mutterliebe ist schwer zu definieren. Jeder redet davon und kriegt glänzende Augen und Schmalz in die Stimme, aber Mutterliebe ist nicht, wofür sie gehalten wird. Sie ist nicht romantisch und auch nicht automatisch vorhanden wie heißes Wasser, wenn man den Hahn aufdreht. Was fühlt man als frischgebackene Mutter?

Ich fühlte Stolz und Entzücken, etwas so Wunderbares wie ein echtes, lebendiges Baby fertiggebracht zu haben. Dann ist da dieses runde Seehundgesichtchen mit den großen Augen, die den mütterlichen Pflegeinstinkt stimulieren. Und das Pflichtgefühl. Die Natur hat das wirklich raffiniert eingefädelt. Ich meine, eine pflichtbewußte Mutter (wie das mit den Vätern ist, kann ich nicht beurteilen) wälzt sich auch zum dritten Mal in ebenso vielen Stunden nachts aus dem Bett (wiewohl in meinem Fall ungern und fluchend), um den Grund für das jämmerliche Geheul ihres Säuglings zu erforschen. Sie wird ihm Tee oder Milch anbieten, ihn frisch windeln oder auf dem Arm halten, bis er sich beruhigt. Das ist echte Mutterliebe – ein so hilfloses, abhängiges Wesen nicht im Stich zu lassen, obwohl man am liebsten in ein Flugzeug steigen würde, um vor dem ewigen Geschrei auf eine einsame Insel zu fliehen. Eine gute Mutter tut das nicht, und sie setzt ihr Kind auch nicht auf einer Kirchentreppe aus, obwohl sie sich manchmal ausmalt, wie es wäre, wenn endlich wieder Ruhe und Frieden ... nein, nein. Oder?

Ich muß sagen, daß ich in den kommenden Wochen arg in Versuchung geriet. Einerseits war es, wenn Jonas ausnahmsweise friedlich war, sehr viel schöner, ein Kind zu haben, als ich es mir je vorgestellt hatte. Babys sind knuddelig, riechen gut, und sie kommunizieren vom ersten Augenblick ihres Lebens sehr intensiv. Sie schauen dir in die Augen, sie ziehen lustige Grimassen, sie schmiegen sich in deinen Arm. Kurzum, sie schmeicheln sich ein, damit ihre Mütter die harten Zeiten ertragen können, indem sie sich an die guten erinnern. Und die harten Zeiten, in denen das Baby schreit und schreit und man es nicht zufriedenstellen kann, obwohl man alles in seiner Macht Stehende tut, waren noch viel grauenhafter als in meinen kühnsten Alpträumen. Und sie waren endlos. Ich war einfach immer müde, so müde, daß ich beinahe im Stehen einschlief. Das kam daher, daß Jonas auch zu Hause an seiner lieben Gewohnheit des nächtlichen Terrors festhielt und tagsüber weiterhin nur ganz kurze Nickerchen hielt, so daß ich nie länger als eine Stunde am Stück schlafen konnte. Der Kinderarzt fand es nicht beunruhigend, daß Jonas so wenig schlief.

»Er gedeiht prächtig«, stellte er fest. »Manche Kinder brauchen eben weniger Schlaf als andere.«

»Aber ich, ich brauche meinen Schlaf«, ächzte ich.

Er musterte mich. Ich wußte, wie ich aussah. Bleich, mit tiefen Ringen unter den Augen, glanzlosen Haaren und zitternden Händen. Er klopfte mir aufmunternd auf die Schulter. »Warten Sie nur, Frau Voss. In drei Monaten sieht die Welt schon anders aus. Die ersten drei Monate sind die schlimmsten.«

»Hoffentlich haben Sie recht«, flüsterte ich und verließ die Praxis mit meinem zornig brüllenden Sohn auf dem Arm. Ich hätte schwören können, daß die Sprechstundenhilfen drei Kreuze schlugen, als wir endlich draußen waren.

Gregor kam jeden Tag vorbei, um seinen Sohn zu besichtigen. Das hatte sich so eingebürgert. Ich meine, man kann dem Mann, der einem in der allergrößten Not beigestanden hat und noch dazu weiß, daß er der Vater des Kindes ist, schlecht die Tür vor der Nase zuknallen.

Und so kam es, daß er sich heimlich, still und leise zurück in mein Leben schlich.

Er erwies sich als sehr anstellig. Er brachte Kuchen oder Obst mit und schleppte Jonas herum. Jonas schrie dann eindeutig leiser, was nicht zu verachten war. Schlief Jonas ausnahmsweise mal, wenn Gregor da war, kochte er Kaffee, und ich hatte die nicht zu unterschätzende Chance, mit einem erwachsenen Menschen zu reden, anstatt du-du-du zu gurgeln und Windeln zu wechseln.

Er kam meistens so gegen fünf und blieb eine Stunde. Und ich mußte mir eingestehen, daß ich mich auf seine Besuche freute wie ein kleines Kind.

Nicht, daß ich das ihm gegenüber zugegeben hätte. O nein. Wir redeten über Jonas, über dies und jenes, den Verlag. Aber niemals über uns.

Einmal blieb er länger. Jonas schlief, und wir tranken Champagner. Den hatte Gregor mitgebracht, um Jonas zu feiern, der genau einen Monat alt war.

Gregor musterte mich über den Rand seiner Sektflöte und meinte nachdenklich: »Du siehst ziemlich abgekämpft aus. Schreit der Kleine nachts immer noch so viel?«

»Ja«, sagte ich. »Und tagsüber ebenfalls, wenn es dich interessiert. Frau Blank trägt neuerdings Ohropax beim Putzen. Wie ich sie beneide!«

Gregor nippte an seinem Champagner. Er trug ein neues Leinenjackett über einem Jeanshemd, einen edel aussehenden Seidenschlips, dazu dunkelgraue Cordhosen. Sein feines helles Haar fiel ihm frischgewaschen in die Stirn, und er duftete dezent nach Kouros.

Ich steckte in alten Jeans und einem noch älteren Sweatshirt und ärgerte mich, daß ich mir doch nicht wie geplant die Haare gewaschen und mich umgezogen hatte. Statt dessen war ich mit Lazarus auf dem Bauch auf dem Sofa eingeschlafen. Man ist eindeutig im Nachteil, wenn das Gegenüber so frisch und elegant aussieht und man selbst wie etwas, das die Katze aus dem Garten angeschleppt hat.

Gregor zündete sich eine Zigarette an und verkündete: »Ich könnte an den Wochenenden ja ab und zu mit dem Kleinen spazierengehen. Oder abends.«

Ein oder zwei ungestörte Stunden, in denen ich tief und traumlos schlafen konnte – welcher Luxus!

Aber ich wollte nicht zu gierig erscheinen, deshalb sagte ich nur: »Wenn du gern möchtest . . .«

»Also abgemacht«, sagte Gregor. »Übrigens . . . zum Unterhalt.«

Wir waren stillschweigend übereingekommen, daß die Vaterschaft eindeutig feststand. Aber bei dem Wort »Unterhalt« sträubten sich mir trotzdem die Haare. War ich nicht eine freie, emanzipierte, alleinerziehende Mutter, die selbst für ihren Sohn sorgen konnte? Ich machte den Mund auf, um Gregor eins draufzugeben, aber er ließ mich nicht zu Wort kommen.

»Sag mal, wie stellst du dir das mit deiner Arbeit vor?«

»Ich habe mir drei Monate Pause ausgebeten. Nächsten Monat oder so will ich wieder anfangen«, antwortete ich mürrisch.

Wie zum Teufel sollte ich am Computer sitzen und dramatische Liebesszenen ins Deutsche übertragen, wenn ständig ein Baby dazwischenquäkte?

»Und Jonas?«

»Nun«, sagte ich. »Ich müßte mich mal nach einem Kindermädchen umsehen.«

Was ich ihm nicht verriet, war die Tatsache, daß es all meine Energie kostete, Jonas zu versorgen und nicht vor Müdigkeit aus den Latschen zu kippen. Ich hatte einfach nicht die Kraft, mich nach einem Kindermädchen umzusehen. Wenn ich ans Übersetzen dachte, eine Arbeit, die viel Konzentration erfordert, wurde mir schwindlig. Ich pendelte so zwischen Küche, Kinderzimmer und Waschmaschine hin und her, daß ich mir überhaupt nicht mehr vorstellen konnte, etwas anderes zu tun.

Jetzt verstand ich, warum sich so viele Frauen mit dem ersten Kind in graue Hausmäuse verwandeln. Ein Baby rund um die Uhr zu versorgen ist eine Sisyphusarbeit, die eine Frau in Windeseile um mindestens zehn Jahre altern läßt. Bei mir waren es schätzungsweise zwanzig.

»Warum engagierst du nicht ein Au-Pair-Mädchen?« unterbrach Gregor meinen unerfreulichen Gedankengang.

»Au Pair?« echote ich.

»Ja. Ich wüßte schon jemanden. Erinnerst du dich an José Montez? Wir haben ihn mal in Barcelona besucht, weißt du noch?«

Sofort tauchte ein vergnügtes rundes Gesicht mit grauen Schläfen und einem borstigen Schnurrbart vor meinem geistigen Auge auf. Wir hatten eine Woche bei José in Barcelona verbracht. Fünf Jahre war das her.

Gregor und ich streiften tagsüber durch die Gassen von Barcelona, Hand in Hand, kauften Kitsch in zahllosen Trödelgeschäften, aßen Fisch, hielten nachmittags zärtliche Siesta in Josés angenehm kühlem Gästezimmer. Abends gingen wir mit José auf die Piste. Was hatten wir zusammen gelacht! O ja, ich erinnerte mich an diesen Urlaub. Aber es tat zu weh, an das ungetrübte Glück dieser Tage zu denken.

Deshalb sagte ich nur: »Ach ja, José, Ihr habt zusammen studiert, oder?«

Gregors Blick verriet nichts. Dachte er auch daran, wie verliebt wir in Barcelona gewesen waren? Oder hatte er alles vergessen?

Er sagte mit unbewegter Stimme: »Genau. José hat eine Nichte, Juana. Juana will Hotelfachfrau werden und soll Deutsch lernen. Sie hat kleine Kinder gern und ist überhaupt sehr fürs Familienleben. Ich habe sofort an dich gedacht, als ich das hörte. Was hältst du davon?«

Ich war so dankbar, daß ich ihn am liebsten abgeknutscht hätte. »Oh, Gregor. Das hört sich wunderbar an. Wie bald kann Juana anfangen?«

Er lachte. »Ich muß das noch genau mit José besprechen. Aber ich denke, ziemlich bald. Und jetzt kommt das mit dem Unterhalt. Ich weiß, daß du von mir kein Geld annehmen willst. Aber ich bin fest entschlossen, Juana zu bezahlen. Du weißt, Au Pairs haben freie Kost und Logis und kriegen ein Taschengeld. Diese Kosten übernehme ich. Und die Kosten für den Deutschkurs an der Sprachenschule.«

»Kommt nicht in Frage«, protestierte ich schwach.

»Dann, fürchte ich, wird das nichts mit Juana.«

»Das ist Erpressung«, sagte ich.

Er zuckte die Schultern. »Du kannst dich gern bei einer Au-Pair-Agentur nach einem anderen Mädchen erkundigen.«

»Ach, wer weiß, wen man da kriegt. Ich meine, Juana

ist Verwandtschaft von José, und wenn sie nur halb so nett ist wie ihr Onkel ...«

»Eben«, sagte Gregor.

»Na gut«, sagte ich. »Und, Gregor ...«

»Ja?«

»Ich bin dir wirklich sehr dankbar.«

»Du brauchst mir nicht dankbar zu sein«, erwiderte Gregor heftig. »Was ich tue, tue ich für meinen Sohn. Wenn das so weitergeht, läßt du ihn noch mal vor lauter Müdigkeit fallen. Außerdem weiß ich, daß du deinen Frust an ihm auslassen würdest, wenn du nicht arbeiten könntest.«

»Vielen Dank!« fauchte ich. »Du hältst mich also für eine Rabenmutter?«

»Ich muß los. Ich rufe dich an wegen Juana.«

Weg war er. Wie immer, wenn es unangenehm wurde. Na ja, bei Jonas' Geburt war er ein Fels in der Brandung gewesen. Und mit Juana rettete er mir vermutlich das Leben. Aber niemand läßt sich gern für eine Rabenmutter halten. Man weiß ja: eine Frau, die Gartenarbeit zum Gähnen langweilig findet, den Bürgersteig nur zu Weihnachten und Ostern kehrt, Häkeln, Stricken und Nähen für ostasiatische Kampfsportarten hält und grundsätzlich auf die Eigenreinigungskräfte ihres Autos vertraut, ist gefängnisreif; eine »schlechte Mutter« aber ist ein Fall für den elektrischen Stuhl.

Wütend überlegte ich, wie es Gregor wohl gehen würde, wenn er vier Wochen lang eine, höchstens zwei Stunden am Stück schlafen konnte? Und außer Baby, Haus, Supermarkt und Park nichts sah und hörte von der Welt? Und alle, alle so beschäftigt waren?

Sabine arbeitete wieder. Vergessen waren die hehren

Worte, ein Kind braucht seine Mutter mindestens in den ersten drei Lebensjahren rund um die Uhr. Auch Sabine hatte der harte Alltag mit einem Baby, und sei es auch noch so friedlich und pflegeleicht, von ihrer rosa Mutterkuh-Wolke runtergeholt, und sie verbrachte drei Tage die Woche glücklich in ihrem Büro. Mutter Wiedemann war ebenfalls glücklich, weil sie in dieser Zeit auf Maja aufpassen durfte. Maja war glücklich, daß sie bei ihrer Oma war, und Wilhelm war glücklich, weil alle glücklich waren.

Melanies zwei Plagegeister waren vormittags im Kindergarten, und Melanie nutzte die ungewohnte Freiheit, um zur Kosmetikerin zu gehen oder Squash zu spielen. (Ich fragte mich, was der geizige Klaus wohl zu diesen Aktivitäten sagte.) Außerdem hatte sie die Frechheit besessen, mir mitzuteilen, daß schreiende Babys sie im Moment zu sehr belasteten. Ihre Gören wären gottlob über das Alter hinaus, und sie hätte nicht mehr die Geduld, sich dem nervenzerfetzenden Gebrüll fremder Kinder auszusetzen. Ich konnte es ihr noch nicht mal sehr verübeln.

Was mich allerdings erstaunte, war Melanies ungewohnte Aufmüpfigkeit. In dem Maße, wie Klaus kleinlauter wurde (er war degradiert worden und konnte es leider nicht vor Melanie geheimhalten), gewann Melanie an Selbstvertrauen. Sie ließ sich die Haare kurz schneiden und fuhr Klaus immer häufiger in aller Öffentlichkeit über den Mund, wenn er gar zu großkotzig daherschwätzte. Sie abonnierte (und las) das *Wall Street Journal*, *Time Magazine* und *Capital*. Ich muß sagen, sie gefiel mir besser und besser. Klaus dagegen hätte sicher den kleinen Finger seiner rechten Hand dafür gegeben, wenn sich Melanie über Nacht wieder in einen Fußabtreter verwandelt hätte.

Roberto hatte mich einmal besucht und dann nicht wieder. Nach einer halben Stunde mit Jonas in einem Zimmer ergriff er die Flucht. Er habe eine Verabredung mit Ricardo, behauptete er.

Ricardo?

Roberto grinste verlegen. Ricardo logierte im Hotel *Kaiserkrone* und wollte im Geschäft mal nach dem Rechten sehen, bevor er zu einer dreimonatigen Rundreise durch die USA aufbrach. Er hatte Roberto angerufen. Ob man nicht zusammen essen könne? Im *Lago Maggiore?* Er, Ricardo, habe so lange keine hausgemachte Pasta mehr gekostet. In Nepal und Indien gab's immer nur Curry und Reis.

»Soso«, sagte ich.

»Es ist nicht, wie du denkst«, wehrte Roberto strahlend ab. »Rein geschäftliche Verabredung.«

»Ich wünsch dir trotzdem viel Spaß.«

Er hinterließ eine Wolke Aramis und ein wunderschönes Holzschaukelpferd für Jonas.

Auch Angelika begeisterte sich mehr in der Theorie für kleine Kinder, jedenfalls für solche, die mit viel Geräusch verbunden waren.

Wir hatten mal zusammen einen Spaziergang durch den Stadtpark unternommen, wobei Jonas die ganze Zeit eintönig vor sich hin heulte. Nach ungefähr einer Stunde wurde Angelika (sie hat Durchhaltevermögen, das muß man ihr lassen) ziemlich hektisch und verabschiedete sich, weil sie zu einer Demo wollte. Bevor sie davonhastete, kramte sie noch selbstgestrickte biologisch-organische Schafwollsocken für Jonas aus ihrem Jutebeutel.

Das fand ich wirklich nett.

Die einzige, die vorbehaltlos entzückt über Jonas war, war meine Schwester Ingrid. Sie kannte ihn noch nicht persönlich.

»Ein Kind! Ist das zu fassen?« schrie sie ins Telefon.

Selbst die Tatsache, daß der Vater Gregor war, ich mein Kind aber allein aufziehen wollte, konnte sie nicht schrecken.

»Und wenn schon, das ist doch ganz modern heutzutage«, sagte sie fröhlich. (Ob sie diese Weltläufigkeit ihren Ziegen und Hühnern abgeguckt hatte? Die sind auch alleinerziehend.) »Also, die Hauptsache ist doch, daß du in deinem Alter endlich ein Kind hast und daß es gesund ist. Der Rest findet sich ganz von allein.«

»Jonas schreit ziemlich viel«, vertraute ich ihr an. »Genaugenommen fast ununterbrochen. Der Kinderarzt sagt, er wäre aber ganz in Ordnung.«

»Oh, das gibt sich. In drei Monaten sieht die Welt schon anders aus.«

»Das hat der Kinderarzt auch gesagt«, meinte ich erschöpft.

»Ich komme nächste Woche zu dir«, fuhr Ingrid fort. »Ich muß doch meinen Neffen bewundern. Was hältst du davon, wenn ich ihm eine kleine Ziege mitbringe?«

»Um Gottes willen! Behalt bloß deine Ziege.«

»Ach herrje!« schrie Ingrid da. »In der Aufregung hab ich glatt vergessen, daß wir für vier Wochen nach Norwegen fahren. Mit dem Wohnmobil. Das kann ich nicht mehr absagen.«

»Dann kommst du eben nachher. Wer versorgt denn eure Viecher?«

»Rüdiger und seine Freundin. Haben Semesterferien.«

»Die Glücklichen«, sagte ich neidisch. »Ich hätte auch noch mal gern Semesterferien und keine größere Verantwortung als eine Horde Tiere.«

Gregor hielt Wort. Er rief am nächsten Tag an.

Ich verfrachtete Jonas auf seine Decke und fragte: »Was hast du gesagt? Tut mir leid, ich hab kein Wort verstanden. Jonas brüllt.«

»Das höre ich«, sagte Gregor laut. »Also, ich habe mit José gesprochen und auch mit Juana. Sie ist begeistert über die Aussicht, dein goldiges Baby hüten zu dürfen.«

Jonas auf seiner Decke geriet jetzt ernstlich in Zorn, weil ich mich mit dem Telefon und nicht mit ihm beschäftigte, und wechselte die Tonlage.

»Iiiiihhhh!« kreischte er. »Iiiih, iih, iiiiih!«

Ich steckte einen Finger in das Ohr, das ich nicht zum Telefonieren brauchte, und schrie: »Hast du ihr Näheres über Jonas erzählt?«

»Ich habe gesagt, er schreit öfter«, brüllte Gregor zurück. »Sie meint, das wäre normal. Sie hat fünf jüngere Geschwister.«

Ich bin nicht fromm, aber ich schickte ein schnelles Stoßgebet zum Himmel. Lieber Gott, mach, daß Juana schnell kommt. Und lange bleibt. Mindestens ein volles Jahr.

»Wann kann sie anfangen?«

Jonas jaulte jetzt wie eine mißhandelte Katze.

»In zwei Wochen.«

»Wunderbar!« schrie ich. »Wie lange will sie bleiben?«

»Ein halbes Jahr.«

Mein Herz sank. Aber ein halbes Jahr war besser als nichts. »Ich kümmere mich um alles, hole sie vom Flughafen ab und so weiter. Ja?«

»Ja! Du bist ein Engel.«

Aber Gregor hatte schon aufgehängt.

Ich richtete das Gästezimmer neben Jonas' Zimmer für Juana her. Ich gab mir große Mühe, denn ich wollte, daß sie sich unter allen Umständen wohlfühlte. Ich ließ das Zimmer streichen (blaue Wände beruhigen) und bestellte duftige Mullgardinen fürs Fenster.

Auf die Fensterbank kamen Usambaraveilchen, und neben die Nachttischlampe stellte ich eine Melissen-Duftkerze. Sie wirke entspannend und kräftigend auf die Nerven, hatte die Dame im Naturkostladen *Körnerglück* behauptet. Ich hatte auch eine im Schlafzimmer.

Juana kam mit dem Flugzeug in Düsseldorf an, und Gregor holte sie ab.

Im Backofen brutzelte ein Braten vor sich hin, dazu sollte es Salzkartoffeln und Salat geben. Ein typisch deutsches Festtagsessen.

Ein Empfang wie für eine Königin, dachte ich zufrieden nach einem letzten Kontrollgang durch alle Räume. Selbst Lazarus' schwarzer Pelz auf dem Sofa glänzte mehr als sonst.

Hoffentlich mochte Juana Katzen. Meine verflossene Schwiegermutter verabscheute sie.

»Ach«, pflegte Mamachen (so wollte sie angesprochen werden) zu sagen, wenn sie sonntags zum Mittagessen hereinrauschte (sie hatte diese Sitte zwangsweise eingeführt), »lebt der Kater immer noch?«

Ich kochte jeden Sonntag Fisch. Mamachen haßt Fisch. Gott sei Dank stehe ich nach einem sehr häßlichen Auftritt anläßlich unserer Scheidung, bei dem sie mir alles an den Kopf warf, was sie mir immer schon hatte sagen wollen (und das war eine Menge), mit Mamachen nicht mehr auf Gesprächsfuß.

Ich legte Jonas, der auf meinem Arm eingeschlafen war, in sein Bettchen und hoffte inständig, daß er die nächsten zwei Stunden, also bis nach dem Abendessen, durchschlafen würde. Dann schlich ich auf leisen Sohlen die Treppe hinunter und drehte und wendete mich wohlgefällig vor dem Flurspiegel. Nicht nur mein Haus war geschmückt, ich war es auch. Und sah richtig gut aus, fand ich.

Ich glättete meine Augenbrauen mit dem angefeuchteten Zeigefinger und legte noch mal Lippenstift auf. Ich war so vertieft in mein Tun, daß ich einen Satz machte, als es klingelte. Leider rutschte der Lippenstift dabei aus, und ein fetter roter Strich zierte meine rechte Wange. Hastig rieb ich an der Spur, mit dem Ergebnis, daß meine Backe aussah, als hätte mir jemand eine geschmiert.

Ich öffnete die Tür und hielt erst mal die Luft an. Vor mir stand ein gertenschlankes Geschöpf, das mich um Haupteslänge überragte. Es hatte ein ovales Madonnengesicht, einen herrlichen südländischen Teint, feurige spanische Augen und volle Lippen, die mich bezaubernd anlächelten. Ein freches Grübchen zeigte sich dabei in der linken Wange.

»Buenas tardes, Señora Voss!«

Sie strich sich mit einer anmutigen Bewegung das lockige schwarze Haar aus der Stirn.

Wie konnte jemand nur so schön sein?

»Das ist Juana«, sagte Gregor, der plötzlich neben mir stand, und fing lautlos an zu lachen.

»Sea usted benvenida, Juana!« plapperte ich.

Juana strahlte mich arglos an und sagte: »Ich frreue mich, hier suu ssein!«

Ich führte Juana ins Wohnzimmer, wo sie sich sogleich mit einem Freudenschrei auf Lazarus stürzte.

»Un gato!« rief sie aus. »Como se llama?«

Ich erklärte ihr, daß der Kater Lazarus – Lázaro – heiße und daß es gleich Abendessen gäbe. Ob sie einen guten Flug gehabt hätte? Sí. Und ob sie hungrig sei? Bezauberndes Lachen, ein Schütteln der Mähne. Un poco.

Sie kramte in ihrer Handtasche und förderte ein kleines, hübsch verpacktes Päckchen zutage, das sie mir überreichte. »Para usted, Señora Voss.«

Wieder dieses reizende, arglose Lächeln. Ich dachte bei mir, daß Juana zwar aussah wie Miss España, es ihr aber nicht zu Kopf gestiegen war. Ich entspannte mich und wickelte das Geschenk aus: ein perlenbesticktes Abendtäschchen.

»Oh, Juana, das ist wunderschön. Muchas gracias!«

»Von tío José und von mirrr!« sagte Juana lachend.

Ich lachte zurück. »Un aperitivo?«

Ein anmutiges Neigen des Kopfes. »Gracias. Sí.«

»Gregor, kümmerst du dich drum? Ich muß nach dem Essen sehen.«

Gregor schenkte Juana einen offen bewundernden Blick, der bis in meine tiefsten Seelenkammern drang, und ging zum Schrank, in dem ich meine Getränke aufbewahrte.

Ich floh in die Küche. Durch die offene Tür hörte ich Gregor und Juana auf spanisch plaudern und lachen.

Beim Mokka im Wohnzimmer fiel mir ein, daß Jonas immer noch schlief. O weh, das würde eine heitere Nacht werden. Als hätte sie meine Gedanken gelesen, fragte Juana: »Donde está el niño, Señora Voss? Está durmiendo?«

»Ja, er schläft oben in seinem Zimmer.«

Wie auf Bestellung erscholl von oben ein klägliches Heulen, das sich rasch zu Sirenenlautstärke steigerte.

Jonas und Juana verband von der ersten Sekunde an eine heftige Leidenschaft. Juana eilte zu seinem Bettchen und beugte sich, spanische Koseworte murmelnd, darüber. Jonas warf einen Blick auf dieses bezaubernde Geschöpf, das sich da anstelle seiner Mutter über ihn neigte, und verstummte. Juana nahm ihn auf, wobei sie in Begeisterungsstürme über seine Schönheit und sein sanftes Wesen ausbrach, und drückte ihn an ihre Brust. Anstatt wie üblich gleich wieder loszuplärren, starrte er Juana verzückt an, und sein zahnloses Mündchen verzog sich zu einem Grinsen.

»Mi pequeño, mi niño, sí, sí«, gurrte Juana.

Juana gab ihm im Wohnzimmer die Flasche. Sie bestand auch darauf, ihn zu windeln und wieder zu Bett zu bringen.

»Ach, Juana. Er hat zwei Stunden geschlafen. Wie ich ihn kenne, schläft er dafür die ganze Nacht nicht.«

»Err schläft«, sagte Juana fest und trug den friedlich vor sich hin gurgelnden Jonas nach oben.

Ich blieb willig, wo ich war, und ließ mir von Gregor noch ein Glas Wein einschenken.

»Na, wie findest du sie?« wollte er wissen.

»Sehr hübsch. Und sehr nett«, sagte ich.

Was sollte ich auch anderes sagen.

»Sie ist eine Schönheit«, sagte Gregor träumerisch. »Eine spanische Madonna.«

Ich habe mir eigentlich immer ganz gut gefallen. Aber bei Juana kam ich mir vor wie ein struppiges Islandpferd neben einer arabischen Vollblutstute.

Ich konnte es Gregor nicht verübeln, daß ihm weder meine neue Frisur noch mein neues Outfit aufgefallen waren.

Juana kam lächelnd zurück ins Wohnzimmer.

»Wir haben gesungen und gespielt und eine frische Windel angezogen«, sagte sie auf spanisch.

Sogar ihre Stimme war schön, weich und tief für ein so junges Mädchen. Nun ist Spanisch sowieso eine melodische Sprache, aber bei Juana klang sie wie Musik. Achtzehn war sie. Ganze achtzehn Jahre.

»Jetzt schläft der Kleine wie ein Engel. Was für ein liebes, reizendes Baby!«

Ich traute meinen Ohren nicht. Sprach sie wirklich von meinem Sohn?

Gregor sah sie schmachtend an. Endlich eine Frau, die nicht nur bildschön, blutjung und charmant war, sondern auch mit kleinen Kindern umgehen konnte. Eine traumhafte Frau – das war ihm deutlich vom Gesicht abzulesen.

Jonas schlief die ganze Nacht durch.

10

Ingrid und Helmut reisten an, um ihren Neffen zu besichtigen.

Bei den weisen Chinesen heißt es ja, daß Fisch und Besuch nach drei Tagen stinken. Ingrid und Helmut blieben eine Woche.

Helmut lag zumeist friedlich im Garten im Liegestuhl und las Zeitung, aber Ingrid muß eben immerzu irgendwas machen. Sie rührte in meiner Küche nahrhaftes Obstmus für Jonas, bürstete ihre Hunde, mähte den Rasen und gab vor allen Dingen gute Ratschläge.

»Du konntest noch nie mit Kindern umgehen. Kein Wunder, daß der Kleine immerzu schreit. Wer würde das nicht, wenn er dich zur Mutter hätte!« sagte sie.

Ich drückte ihr Jonas in den Arm und erwiderte freundlich: »Bitteschön, Schwesterherz. Versuch dein Glück.«

»Komm zu deiner Tante Ingi, Jonas. Dumme, dumme Mutti weiß nicht, was Babys glücklich macht. Aber Tante Ingi! Was bist du ein goldiges Kerlchen. So hübsche rote Härchen hat der kleine Schatz. Nun schrei doch nicht so!«

Sie flötete und gurrte und wiegte ihn in ihren Armen, schob ihm den Schnuller in den Mund, den er gekonnt wieder ausspuckte, bot ihm Vollkornkekse und Bananenmatsch und Fencheltee an.

Jonas schrie.

Wenn Ingrid entnervt aufgab und beschloß, daß sie unbedingt Marmelade kochen mußte, war Helmut an der Reihe. Helmut hätte zwar lieber weiter Zeitung gelesen, aber er durfte nicht. Ingrid hielt ihm unerbittlich das schreiende Bündel entgegen, und Helmut faltete resigniert die Zeitung zusammen, erhob sich ächzend aus seinem Liegestuhl und trug Jonas durch den Garten.

»Tuttututut! Du kleiner Schlingel«, machte Helmut. »Guckuck! Wo ist das Vögelchen?«

Jonas schrie.

Ingrid und Helmut griffen zu härteren Maßnahmen. Sie fuhren mit Jonas und den Hunden raus aufs Land, wo sie stundenlange Spaziergänge unternahmen. In dieser Zeit herrschte göttliche Stille im Haus. Aber nicht im Wald.

»Der Förster hat uns des Waldes verwiesen!« rief Ingrid mir eines Nachmittags entgegen. »Er hat gesagt, bei dem Geschrei wird die Milch der Wildsäue sauer und die Frischlinge müssen verhungern. Hat er das ernst gemeint?«

»Bist du ganz sicher, daß das Kerlchen nicht krank ist? Ich meine, diese Schreierei muß doch einen Grund haben«, murmelte Helmut und stürzte einen doppelten Cognac hinunter. Er war sehr bleich, und sein linkes Augenlid zuckte nervös. »Er ist ganz in Ordnung«, versicherte ich ihm und drückte Jonas Juana zum Baden in den Arm.

Jonas verstummte. Ingrid warf ihm einen giftigen Blick zu und machte sich an die Zubereitung eines biologisch-dynamischen Vollkornbreis, der wie seine Vorgänger im Schlund der Labradors landete. Hunde fressen alles.

Während Ingrid schnipselte, rührte und pürierte, fragte sie: »Wo ist eigentlich der Kindsvater?«

Ich steckte einen Finger in die graugrüne Pampe und leckte daran. »Schmeckt ja ekelhaft, das Zeugs.«

»Lenk nicht ab«, sagte Ingrid streng. »Außerdem sollst nicht du den Avocado-Vierkornbrei essen, sondern dein Sohn. Also, was ist mit Gregor?«

»Gregor ist auf Kurzurlaub in Rom.«

»Hm«, machte Ingrid. »Wußte er, daß wir zu Besuch kommen?«

»Ja, sicher.«

»Aha!« schrie Ingrid triumphierend. »Er wollte sich drücken! Er hatte Angst, daß Helmut ihm eins auf die Nase gibt.«

»Angst vor Helmut?« sagte ich anzüglich.

Ingrid schnaubte. »Ach, was soll's. Was geht's mich an, daß du eine ledige Mutter bist. Mama und Papa sind lange tot und können sich nicht mehr um dich grämen. Kümmert sich Gregor denn wenigstens um den Kleinen, ich meine, wenn er im Lande ist?«

»Ja, er sieht Jonas jeden Tag.«

»Das ist mehr, als man von den meisten Vätern sagen kann«, meinte Ingrid etwas besänftigt. »Der deutsche Durchschnittsvater verbringt fünf Komma sechs Minuten pro Woche mit seinen Kindern.«

Sie füllte den unansehnlichen Brei in ein Schüsselchen und sagte: »Wenn ich's mir überlege, bin ich nicht traurig, daß Gregor durch Abwesenheit glänzt. Wir konnten noch nie so recht miteinander. Gregor und du, ihr habt natürlich überhaupt nicht zusammengepaßt. Gregor ist einfach zu ... na ...«

»Nicht bodenständig genug?« fragte ich.

»Ja, genau. Und zu intellektuell. Intellektuelle Männer sind schwierig, und schwierige Männer taugen nicht für die Ehe. Schwierige Frauen eigentlich auch nicht«, sagte sie mit einem Seitenblick auf mich. »Aber du solltest die Hoffnung nicht aufgeben. Selbst mit Kind hast du noch die Chance, einen soliden Mann zum Traualtar zu schleifen und deinem Sohn ein echtes Heim zu schaffen. Du siehst ja nicht schlecht aus, für dein Alter, meine ich. Wie wär's mit einem älteren Witwer, vielleicht mit eigenen Kindern? Ich werde dir die Adresse einer seriösen, christlichen Partnervermittlung zuschicken. Die Gefahr, dort auf einen Intellektuellen zu treffen, ist gering. Selbst dir dürfte es nicht gelingen, obwohl du immer schon ein unheilvolles Talent ... na ja, lassen wir das, das ist Schnee von vorgestern. Also, meine Freundin Lina, die Bauerntochter, von der ich dir erzählt habe, also die Lina (sie ist fast fünfzig und keine Schönheit) hat bei der christlichen Ehepartnervermittlung einen sehr netten Herrn kennengelernt. Erst fünfundsechzig und noch sehr rüstig. Solche Ehen halten wenigstens, bis der Tod sie scheidet.«

Womit hatte ich eine solche Schwester verdient?

All die Unruhe im Haus konnte Juana nicht schrecken. Sie fühlte sich, wie sie sagte, an ihre lärmende, herzliche Großfamilie daheim erinnert. Nur ein paar Kinder mehr vermißte sie. Sie war begeistert von meiner Verwandtschaft, vor allen Dingen von Helmut, der über einen ausgezeichneten Appetit verfügt (man sieht, wo's bleibt) und Juanas spanischen Köstlichkeiten Ehre angedeihen ließ.

»Juana, du bist ein Schatz!« sagte er bei jeder Mahlzeit.

Und Juana strahlte und schaufelte ihm zum dritten Mal den Teller voll.

Sie war wirklich ein Schatz. Immer fleißig, immer fröhlich, und sie kochte wunderbar. Das mußte sogar Ingrid zugeben. »Du könntest dir ruhig mal eine Scheibe von ihr abschneiden! Dabei hab ich erst gedacht, um Himmels willen, die ist so schön, die kann noch nicht mal eine Kartoffel von einem Besen unterscheiden.«

Ingrid und Helmut verabschiedeten sich so lärmend, wie sie gekommen waren. Juana, Jonas und ich standen auf der Straße und winkten. Ingrid schrie aus dem heruntergekurbelten Autofenster: »Und denk dran. Du mußt viel ruhiger werden, dann wird der Kleine auch ruhig.«

»So ruhig wie bei dir?« erkundigte ich mich. »Soll ich dir Jonas nächstes Jahr dann in die Sommerfrische bringen? Wenn ich mich recht erinnere, hast du gemeint, er braucht dringend Landluft und frische Ziegenmilch.«

Ingrid wurde blaß.

»Habe ich das wirklich gesagt? Nun, äh, vielleicht warten wir damit, bis er etwas älter ist. Fünf oder sechs vielleicht? Weißt du, meine Ziegen sind so sensibel.«

Helmut legte krachend den Gang ein, und das Wohnmobil rollte eilig davon.

Es war auf einmal sehr still ohne Ingrid und Helmut, aber es spielte sich eine angenehme Routine ein. Juana versorgte Jonas vormittags und kochte Mittagessen. Ich übersetzte in dieser Zeit. Wie herrlich, wieder am Computer zu sitzen und Sweet Sues kompliziertes Liebesleben ins Deutsche zu übertragen! Wie wunderbar, konzentriert an einer Sache arbeiten zu können, ohne ständig unterbrochen zu werden! Oh, diese Stille! Diese himmlische Ruhe!

Begeistert vertiefte ich mich in Sweet Sues gefahrvolles Schicksal. Sweet Sue war ein engelhaftes Wesen, das die Männer anzog wie ein Honigtopf Ameisen. Ich zitterte mit ihr, wenn sie um Haaresbreite zum dritten Mal dem heimtückischen Mörder auf Schloß Applestone entkam, und feilte liebevoll an den Dialogen mit dem männlich-schönen Lord Appleby, ihrem Brötchengeber (Sweet Sue, wie könnte es anders sein, war die Gouvernante seiner Kinder aus erster Ehe), der verzweifelt versuchte, Sweet Sue vor einem frühen Ende zu bewahren.

Gegen eins aßen Juana und ich zu Mittag (Jonas schlief gewöhnlich um diese Zeit), tranken einen Kaffee und räumten gemeinsam die Küche auf. Dann hatte Juana frei, und sie nutzte die Zeit, um am Unterricht in der Sprachenschule teilzunehmen. Sie war ausgesprochen helle (a, auch das) und lernte sehr schnell.

Abends ging sie noch eine Stunde mit Jonas spazieren. Zu meinem großen, aber natürlich geheimen Kummer begleitete Gregor die beiden. Das bedeutete, daß Gregor nur noch Zeit mit mir verbrachte, wenn es in Strömen regnete.

Ich betete um Dauerregen.

Das Wetter war so schön wie seit zehn Jahren nicht.

Da ich Gregor so selten sah, dachte ich zum Ausgleich oft an ihn, was mir aber nicht bekam.

Er hatte sich erschreckend verändert. Er ging nicht, er schwebte. Er schwieg nicht wie gewohnt eisern, er redete unentwegt. Er war der personifizierte Charme. Aber nur, wenn Juana in der Nähe war. Dann blühte er auf wie ein

Topf Primeln in der Sonne. In meiner Gegenwart schwieg er vor sich hin oder betrachtete gedankenversunken seinen Sohn.

An einem Abend (Juana war mit einem Mädchen aus ihrem Kurs im Kino) stellte ich die Frage, die ich nie hatte stellen wollen: »Bist du verliebt in Juana?«

Mein Herz klopfte heftig dabei, und ich fühlte, wie meine Handflächen feucht wurden.

Gregor, der mit Jonas auf dem Arm träumend auf dem Sofa saß, fragte mich nicht, was mich das denn anginge. Er sagte: »Verliebt man sich in die Mona Lisa? Ist man verknallt in die Venus von Milo? Nein, ich bin nicht verliebt in Juana. Ich möchte ihr nur die Sterne vom Himmel holen. Rosenblätter streuen auf ihren Weg. Sie ist eine Königin.«

Meine Hände zitterten so arg, daß ich mir nur mit Mühe eine Zigarette anzünden konnte. Das war schlimmer, als ich mir vorzustellen gewagt hatte. Er betete Juana an!

War es denn zu fassen, daß ein erwachsener Mann von einundvierzig Jahren, weltgewandt, intelligent und eher nüchtern, sich Hals über Kopf in eine achtzehnjährige Schönheitskönigin verliebte? (Pardon, ihren Weg mit Rosenblättern pflastern wollte?)

Natürlich war es zu fassen. Gregor war im gefährlichen Alter und viel zu frei für seinen Geschmack.

Wir alle brauchen unsere Abhängigkeiten, in die wir uns zurückziehen können wie in ein sicheres Haus. Auch die, die verächtlich auf all die langweiligen »Spießer« herabsehen und sich in alle möglichen Aktivitäten stürzen (die Liste ist endlos und reicht von Bodybuilding über autogenes Training bis zum Drachenfliegen und

Wildwasserkanufahren, nicht zu vergessen eine Analyse beim Psychoklempner) oder jede Nacht in Kneipen auf Beutefang gehen, saufen oder koksen oder sich Kauforgien hingeben. Sie sind genauso unfrei wie der brave Familienvater, der von acht bis fünf ins Büro geht und abends stumm in die Röhre starrt. Egal, wie wir uns drehen und wenden, wir brauchen unsere Ketten, und wir schmieden sie uns selbst. Das stammt nicht von mir, sondern von irgendeinem weisen Mann. Und dieser Weise (oder war es ein anderer?) hat auch gesagt, Freiheit ist, sich seine Ketten selbst wählen zu können.

Gregor, nach ein paar mißglückten Versuchen, hatte sich für die Fessel der Madonnenverehrung entschieden. Ich wünschte ihm kein Glück. Das war zuviel verlangt. Denn auch ich hatte meine Ketten gewählt.

Ich betrachtete Gregors kräftige Hände, die Jonas so sicher hielten, und wünschte mir verzweifelt, daß er mich im Arm halten würde. A liebt B, aber B liebt C, dachte ich. Das alte Spiel. Denn natürlich liebte ich Gregor. Ob es mir paßte oder nicht. Wie unbequem, seinen Exmann zu lieben, der eine andere liebt. Wie idiotisch, wie hirnrissig. Was für ein miserables Timing, erst dann die Ehrlichkeit aufzubringen, vor sich selbst zuzugeben, daß man nur einen Mann je geliebt hat, liebt und (wahrscheinlich) lieben wird, wenn alles zu spät ist. Wenn dieser Mann im Geiste schon auf Blütenblättern zum Traualtar wandelt – aber nicht mit dir.

Wie viele Leute hatten mich einen hoffnungslosen Fall genannt? Zu viele. Und sie hatten recht.

Ich kannte niemanden, der sich so erfolgreich selbst beschwindelte wie ich. Da mußte erst ein achtzehnjähriges Mädchen daherkommen, um mir vor Augen zu halten, was mir wirklich wichtig war im Leben. Arbeit, Freunde, Selbständigkeit, ja, das hatte ich gewußt. Und ein Kind, das ich erst nicht gewollt hatte, das ich aber um nichts in der Welt wieder hergeben würde. Aber vor allem ein Mann. Nein, der Mann – Gregor.

Ich war schlimmer als Sweet Sue, Arresting Amanda und wie sie alle hießen. Einen oder keinen. Den einen oder keinen. One-trick pony. Wenn ich nicht so unglücklich gewesen wäre, hätte ich mich vielleicht wegen meiner romantischen Rückständigkeit geschämt. Oder auch nicht.

Ich sah wieder auf Gregors Hände, die mit Jonas' Speckfingerchen spielten und die mich in meiner schwersten Stunde (was für ein vornehmer Ausdruck) gehalten hatten, schluckte und sagte mit übermenschlicher Anstrengung (warum nur muß man immer genau das aussprechen, was am meisten weh tut?): »Und Juana, erwidert sie ... hmm ... deine romantischen Gefühle?«

Wie gut, daß er mich nicht ansah. Er hätte der nackten Verzweiflung ins Auge geblickt. Er zuckte die Schultern und lachte. Was schwang alles in diesem Lachen mit! Es klang sehr jung, sehr glücklich und gleichzeitig knabenhaft scheu. Oh, dieses Lachen rieb sich in mein Herz wie Salz in eine offene Wunde.

»Das braucht sie nicht«, sagte er.

Was war das für eine Antwort?

Ehe ich ihn danach fragen konnte, stand er auf, drückte mir Jonas in den Arm und sagte: »Es ist so schön draußen. Ich muß noch ein bißchen an die Luft.«

Er fragte nicht, ob Jonas und ich mitgingen. Er wollte allein seine Sterne vom Himmel holen und Rosenblätter pflücken. Ich sah ihm vom Fenster nach, bis er um die Ecke verschwunden war.

Und dann endlich erlaubte ich mir den Luxus, mit dem treuen Lazarus auf dem Schoß in Tränen auszubrechen.

Beim Mittagessen – es gab spanische Gemüsesuppe – sagte Juana: »Señor Gregor hat mich für morgen abend zum Essen in ein Restaurant eingeladen.«

Es klang sehr zögernd.

Ich setzte vorsorglich eine neutrale Miene auf und bemerkte: »Ja? Das ist nett.«

»Hmmm, ja«, machte Juana. Dann sprudelte sie heraus: »Er ist so anders in letzter Zeit, finden Sie nicht?«

»Wieso?«

Juanas schlanke Finger spielten nervös mit dem Wasserglas. »Ach, ich weiß nicht. Er sieht mich so merkwürdig an.«

Man könnte auch sagen, er beäugt dich wie ein verhungernder Hund einen besonders schmackhaften Knochen, dachte ich. Wie ein Werwolf den Vollmond.

Gregor konnte mir allerhand Unsinn von rosenblätterumkränzten Mona Lisas erzählen; ich war überzeugt, daß er beim Anblick seiner Angebeteten durchaus fleischliche Gelüste verspürte. Wenn er gekonnt hätte, wie er wollte, wäre er in voller Rüstung auf seinem weißen Streitroß herangaloppiert, hätte Königin Juana über den Widerrist seines Pferdes geworfen und wäre ins nächste Gebüsch mit ihr verschwunden.

Vorsichtig sagte ich: »Ich glaube, Señor Gregor mag Sie sehr gern, Juana.«

Unsere Blicke trafen sich. »Das ist es ja. Ich glaube, er mag mich zu gern. Und auf die falsche Art.« Sie überlegte einen Augenblick und fuhr dann nachdenklich fort:

»Wissen Sie, seit ich dreizehn bin, sehen mich die Männer so an. Als wäre ich eine wunderschöne Marmorstatue in einem Museum. Etwas Zerbrechliches, Kostbares, das man auf ein Podest stellt und von ferne anbetet. Ich bin nicht so. Ich bin ein ganz normales Mädchen. Ich möchte einen Beruf, und dann will ich heiraten und Kinder kriegen, mindestens vier, und möchte meine Kinder und meinen Mann versorgen.«

Eine Madonna mit der Seele einer spanischen Mamita! Armer Gregor.

Juana holte tief Luft und redete weiter: »Ich bin verlobt. Gabriel und ich, wir lieben uns. Wenn ich meine Ausbildung beendet habe, wollen wir heiraten und eine Familie gründen. Vielleicht ein kleines Hotel aufmachen an der Costa de Azahár. Gabriel ist auch vom Fach ...« Sie schluckte und sah mich flehend an.

»Ja, Juana?«

»Ach, Señora Voss. Ich fühle mich so wohl hier bei Ihnen. Ich möchte keine Komplikationen. Ich mag Señor Gregor sehr. Ich möchte ihm nicht weh tun. Ich glaube, er macht sich selbst etwas vor.«

»Warum erzählen Sie mir das alles, Juana?«

Sie sah mich aus ihren schönen Augen an, und ich entdeckte eine Reife in ihr, die man bei Frauen, die doppelt so alt waren wie sie, mit der Lupe suchen konnte. Juana war trotz ihrer Jugend eine Frau, die in sich selbst zu Hause war. So was ist seltener zu finden als ein weißer Elefant.

»Sie lieben Señor Gregor immer noch, nicht wahr?« fragte Juana.

Ich mochte nicht mehr lügen. Was hatte es mir gebracht, mich und andere zu belügen? Nur Kummer. »Ja.«

Juana nickte. »Ich weiß. Und Señor Gregor liebt Sie auch.« Ich lachte, ich konnte einfach nicht anders. Sonst hätte ich geheult.

»Gregor liebt Sie, nicht mich. Leider.« Sie schüttelte heftig den Kopf.

»Er jagt einer spanischen Madonna nach, einem Traum von Vollkommenheit. Er liebt nicht mich, Juana Sanchez. Gabriel dagegen liebt mich, wie ich bin, mit allen Schwächen und Fehlern. Er liebt mich so, wie ich geliebt werden will. Und so liebt Señor Gregor Sie. Sie und Ihren Sohn. Er will es nur nicht wahrhaben.«

»Jetzt machen Sie sich etwas vor, Juana«, sagte ich leise.

»Ich weiß es«, beharrte sie.

In diesem Moment hätte ich ihr alles geglaubt. Dieses Madonnengesicht besaß beinahe hypnotische Überzeugungskraft. Ich dachte darüber nach, was Juana gesagt hatte. Ihr Gabriel liebte sie so, wie sie geliebt werden wollte, mit all ihren Schwächen und Fehlern (allerdings fiel es mir schwer zu glauben, daß sie tatsächlich Fehler und Schwächen besaß!). Wollen wir nicht alle so geliebt werden? Nicht »weil«, sondern »trotzdem«? Liebte ich nicht auch Gregor auf diese Weise?

Was war schon so unwiderstehlich an ihm, daß ich ihn liebte und nicht, na, zum Beispiel Thomas aus Köln?

Gregor sieht ganz gut aus, aber er ist nicht Christopher Lambert. Er ist intelligent, aber kein Einstein. Er kann witzig und unterhaltsam sein, aber meistens schweigt er ausdauernd. Er ist zärtlich und ein guter Liebhaber, aber nur, wenn er in der Stimmung dazu ist. Außerdem ist er, alles in allem gesehen, ausgesprochen schwierig.

Müßig, darüber nachzudenken.

Die Frage, warum man jemanden liebt oder nicht liebt, ist so alt wie die Menschheit. Und die Antwort genauso unbefriedigend wie das Rätsel, warum jemand seine Pommes nun lieber mit Ketchup oder mit Mayo ißt.

Am nächsten Abend ging Juana mit Gregor ins *Chez Capucine,* eines der teuersten Restaurants der Stadt, und anschließend tanzen. Sie berichtete, daß es ein sehr schöner Abend gewesen sei. Mehr erzählte sie nicht, und ich stellte keine Fragen.

Aber irgend etwas mußte sich abgespielt haben. Gregor kam weiterhin jeden Abend vorbei, aber er ging nicht mehr so oft mit Jonas und Juana spazieren. Seine Augen leuchteten immer noch auf, wenn Juana in der Nähe war, aber das jünglingshaft Anbetende war verschwunden. Er war sehr schweigsam, sehr nachdenklich.

Manchmal fühlte ich seinen abschätzenden (so empfand ich es) Blick auf mir ruhen und wurde unsicher, was ich durch zuviel Gerede zu kaschieren trachtete.

11

Jonas Jones war jetzt sechs Monate alt und, wenn er nicht gerade einen seiner Wutanfälle hatte, ein freundliches pausbäckiges Kerlchen. Er betete Juana an (wie jeder Mann, und sei er auch noch so winzig) und sie ihn. Ich sah ihnen beim Spielen zu und fühlte mich alt und müde.

»Du solltest in Urlaub fahren, Thea«, sagte Juana.

Wir duzten uns seit einiger Zeit. Ich saß im Bademantel auf dem Sofa, eine nährende, feuchtigkeitsspendende, wiewohl gespenstisch weiße Maske im Gesicht, die Haare unter einem Handtuchturban verborgen. Darunter wirkte Henna ein, das meinen Haaren jugendlichen Glanz verleihen sollte. Ich wollte am Abend mit Roberto ins Kino und anschließend in die Kneipe. Ich hatte keine rechte Lust, nutzte aber den Anlaß, um etwas für mein angekratztes Selbst zu tun.

Juana kitzelte Jonas, der auf seiner Decke lag, am Bauch und wiederholte geduldig: »Ein Urlaub, ganz allein, würde dir guttun. Du kannst ganz beruhigt fahren. Ich passe auf Jonas und Lazaro und das Haus und den Computer auf. Ich mähe auch den Rasen.«

Das war ein großes Opfer, denn Juana haßte Gartenarbeit. »Ich weiß, daß ich mich auf dich verlassen kann«, sagte ich lustlos. »Aber ...«

»Nichts aber. Fahr irgendwo hin, wo es schön warm ist. Amüsiere dich!«

Wo hatte ich das nur schon mal gehört?

»Ach ... ich hab eigentlich gar keine Lust«, seufzte ich.

»Palmen, Strand, Sonne, nette Leute ...«, lockte Juana. Palmen, Sonne, Strand ... hhmm. Der Herbst hier in Deutschland war genauso trübselig wie Gregors Gesicht in den letzten Wochen. Und meines, wenn ich mir wie heute die Zeit nahm, im Spiegel genauer hinzusehen.

Je länger ich über Juanas Vorschlag nachdachte, desto verlockender erschien er mir. Alles hinter sich lassen für zwei Wochen. Nicht ans Übersetzen denken, und vor allem nicht an Gregor. Faul in der Sonne liegen, Wein zum Mittagessen trinken, stundenlang am Strand spazierengehen. Vielleicht ein toller Lover? Ach, vergiß es, kriegst du sowieso nicht auf die Reihe. Aber reif für die Insel war ich. Überreif.

Ich buchte zwei Wochen im Club Phoenix. Ich hatte Glück, denn jemand hatte wegen Trauerfall seinen Urlaub stornieren müssen, und so ergatterte ich den letzten noch freien Bungalow.

Ich verabschiedete mich von Sabine und Wilhelm. Sabine klopfte mir auf die Schulter.

»Sehr vernünftig von dir, mal wegzufahren. Du hast Urlaub nötig, das sieht man.«

Wilhelm hatte wohl mein Gesicht bei dieser taktvollen Bemerkung gesehen, denn er versicherte hastig: »Ein bißchen blaß bist du, das ist alles. Laß dir den Wind um die Nase wehen.«

Wilhelm hatte sich gemausert. Sabine hatte ihm eine moderne Brille verpaßt, und er hüllte sich nicht mehr in hellmausegraue und mittelmausegraue und dunkelmausegraue Anzüge, sondern trug schon mal dezent gestreifte Hemden und Pullis in gedeckten Farben. Er sah um Jahre jünger aus, besonders wenn er lächelte, und das tat er immer, wenn sein Blick auf Frau und Kind ruhte.

»Wer weiß«, fuhr Sabine fort und packte die umherkrabbelnde Maja am Schlafittchen, die Lazarus würgen wollte. »Vielleicht haben wir auch endlich ein Haus gefunden, bis du zurück bist.«

Ich hoffte es sehr, damit dieses Dauerthema endlich vom Tisch war.

Meine Schwester Ingrid war entsetzt, daß ich Jonas nicht mit in Urlaub nehmen wollte.

»Zu Hause fühlt er sich wohler«, sagte ich am Telefon. »Stell dir nur mal vor, die vielen Bakterien und die heiße Sonne im Süden.«

Das war Wasser auf Ingrids Mühle.

»Du könntest ja an die Nordsee fahren, wie Leute mit Kleinstkindern das vernünftigerweise tun. Du hast eben keine Ahnung, was Kinder brauchen. Ich habe übrigens einen neuen Schafbock angeschafft, Merino. Ich werde Wollschafe züchten, ist das nicht eine tolle Idee, und selbst spinnen und weben. Helmut soll mir einen Webstuhl bauen. Stell dir vor, er hat keine Lust. Wie findest du das?«

Ich fühlte mit Helmut, schwieg aber klugerweise. Er hat sowieso keine Chance. Wenn Ingrid etwas will, kriegt sie es. Und wenn Helmut ihr einen Webstuhl bauen sollte, dann würde er ihr einen bauen, auch wenn eine Hundehütte dabei rauskam.

Roberto, mit dem ich zum Abschied im Kürbis ein Bier trank, mahnte: »Und daß du dich so richtig amüsierst, hörst du? Übrigens – ich habe eine Überraschung für dich. Dreh dich mal um.«

Ich drehte mich um und erblickte ein bekanntes, braungebranntes Gesicht, das von wilden schwarzen Locken umrahmt war.

»Ricardo!« schrie ich so laut, daß meine Nachbarn an der Bar zusammenzuckten.

Ricardo, in einem weißen, bis zum Bauchnabel aufgeknöpften Seidenhemd und lila Seidenhosen (darunter entdeckte ich Goldschuhe), umarmte mich und erstickte mich fast in einer Wolke Davidoff.

»Wie geht es der jungen Mutter?«

»So jung bin ich nicht mehr, und Jonas ist schon ein halbes Jahr. Aber es geht mir sehr gut. Ich fahre in Urlaub. Wie kommst du überhaupt hierher? Ich denke, du treibst dich in der Weltgeschichte rum?«

»Och«, sagte Ricardo mit einer lässigen Handbewegung. »Ich bin viel gereist, ja. Aber jetzt bin ich wieder zu Hause. Auf Dauer ist es öde, immer aus dem Koffer zu leben. Man kann nie so viele Klamotten mitnehmen, wie man möchte. Außerdem ...«

Er trat neben Roberto und legte ihm die Hand um die Hüfte.

»Tja«, machte Roberto.

»Tja«, machte Ricardo.

Sie sahen sich in die Augen und lachten. Ich lachte mit.

»Alte Liebe rostet nicht, wie?«

»Du dürftest darüber doch am besten Bescheid wissen, Thea«, meinte Ricardo und blinzelte mir zu.

»Ich, wieso?« sagte ich, doch dann fiel mir ein, daß ich ja mich und andere nicht mehr belügen wollte. »Ist es so offensichtlich?« fragte ich Roberto.

»Für jeden außer dir und Gregor«, war seine Antwort.

»Ach, lassen wir dieses unerfreuliche Thema«, sagte ich. »Ich wünsche euch jedenfalls Glück, ihr beiden. Wenn ich aus dem Urlaub zurück bin, kommt ihr zum Essen, okay? Du mußt unbedingt Juana kennenlernen, Ricardo. Und natürlich meinen bildschönen, hochintelligenten Sohn. Er ist ein Schatz.«

Roberto wich zurück. »Schreit er immer noch so viel?«

»Kaum. Er ist sehr erwachsen geworden.«

Roberto sah nicht überzeugt aus. Ricardo versetzte ihm einen Puff.

»Ich denke, du bist so kinderlieb? Mir macht ein bißchen Kindergeschrei überhaupt nichts aus. Wir kommen gern«, sagte er entschieden.

Roberto nickte tapfer.

Von Gregor verabschiedete ich mich am Vorabend meiner Reise mit einem festen Händedruck und einem Kuß auf die Wange. Das heißt, ich drückte ihm die Hand, und er küßte mich.

»Gute Reise und viel Spaß«, sagte er. Es hörte sich an, als wünsche er herzliches Beileid. »Ich werde dich vermissen.«

Er sah tatsächlich so aus, als meinte er, was er sagte. Mein Herz machte einen Sprung, aber ich hielt den Mund. Was hätte ich auch sagen sollen? Ich liebe dich?

Ich doch nicht. Ich mochte zwar neuerdings ehrlich sein, aber man kann alles übertreiben.

Juana und Jonas fuhren mich zum Flughafen.

»Und denk dran, Juana«, sagte ich, »nicht zuviel Apfelsaft. Jonas wird wund davon. Lazarus bekommt nur eine Dose Futter pro Tag. Laß dich nicht erweichen, auch wenn er noch so bettelt!«

»Sí, Thea«, sagte Juana geduldig.

Juana war es auch, die den Koffer auslud. Ich war zu hippelig und hatte außerdem die Hände voll, denn ich drückte meinen Sohn an mich. Er lachte mich an, und ich bewunderte zum hundertsten Mal seinen neuen, blinkenden Zahn.

»Thea, du mußt zum Schalter. Das Flugzeug wartet nicht«, sagte Juana und versuchte mir Jonas zu entwinden.

Ich klammerte mich an ihn. »Ich sage die Reise ab, Juana. Ich kann ihn doch nicht allein lassen, er ist noch so klein!« Mechanisch warf ich einen Blick auf meine Armbanduhr. Juana nutzte die Ablenkung, nahm mir das Baby aus dem Arm und sagte fest: »Eben weil er so klein ist, wird er dich nicht so vermissen. Ich passe gut auf ihn auf. Du kannst ganz beruhigt fahren.«

Sie hatte natürlich recht, und ich kam mir sehr albern vor. Diese besitzergreifende Glucke, die beinahe in Tränen ausbrach, weil sie sich zwei Wochen von ihrem Baby trennen mußte (in der Tat wischte ich mir heimlich ein paar Tränen weg, als Juana nicht hinguckte) – war das wirklich ich?

Ich rief jeden Abend zu Hause an. Juana war gleichbleibend reizend am Telefon, obwohl ihr meine besorgten Fragen auf den Wecker gehen mußten.

»Ja, Thea, er hatte heute zweimal Stuhlgang. Er hat gut zu abend gegessen. Milchbrei und geriebenen Apfel. Wie? Ja, er hat ihn ausgezeichnet vertragen. Nein, er weint nicht, er ist sehr zufrieden. Gestern waren wir mit Señor Gregor spazieren.«

Ein Hieb in die Magengrube. Kaum war die Katze aus dem Haus ... andererseits, was ging es mich an?

Juana schien meine Gedanken zu lesen.

»Señor Gregor verreist für eine Woche«, berichtete sie.

»So?« sagte ich. Eigentlich wollte ich nicht, fragte dann aber doch: »Wohin denn so plötzlich?«

»Oh, hab ich ganz vergessen zu fragen«, sagte Juana und lachte, wie ich fand, höchst albern.

»Also, dann Schluß für heute«, meinte ich spitz. »Mein Abendessen wartet. Ich rufe morgen wieder an.«

Als ich am nächsten Tag am Strand in der Sonne lag und las, spazierte ein Typ vorbei, der mich irgendwie an Gregor erinnerte. Etwas in der Art, wie er sich bewegte und sich das Haar aus der Stirn strich, war mir ebenso vertraut wie die breiten, etwas eckigen Schultern.

Da ich nichts Besseres zu tun hatte, malte ich mir aus, er wäre wirklich Gregor. Was würde er tun, wenn er mich hier entdeckte? Allein an diesem weißen, palmenbestandenen Strand, den die untergehende Sonne in ein geheimnisvolles Licht tauchte?

Er kniete vor mir nieder.

Ich trug ein weißes, schulterfreies Abendkleid und eine Orchidee im Haar.

Folgender Dialog entspann sich zwischen uns:

Gregor: Ach Thea, ich liebe dich. Ich kann ohne dich nicht leben. Es war so dumm von mir, dich zu verlassen. Ich weiß wirklich nicht, welcher Teufel mich geritten hat. Kannst du mir noch einmal verzeihen?

Thea: Ach Liebster, laß uns nicht mehr davon sprechen. Ich habe auch Fehler gemacht. Ich liebe dich!

An dieser Stelle riß mich Gregor leidenschaftlich in die Arme, und wir küßten uns atemlos. Dann:

Gregor: Mein allerliebster Schatz, mein Herzblatt, Licht meiner Augen, würdest du mich noch mal heiraten? Niemals mehr werde ich mich beschweren, daß du zuviel redest.

Thea: . . . und niemals mehr werde ich dir vorwerfen, wie mundfaul du bist und daß du schnarchst und nie Zeit für mich hast und mit Vorliebe deine schlechte Laune an mir ausläßt.

Gregor: Nie, nie mehr werde ich meine schlechte Laune an dir auslassen, meine kleine Fee, und . . .

Thea: . . . niemals mehr das Gefühl haben, daß ich dich einenge und du deine Freiheit brauchst, um zu erkennen, wer du bist und was dir wichtig ist im Leben . . .?

Gregor (entsetzt): Aber nie! Freiheit kann man nur in einer glücklichen Ehe voll ausleben, das habe ich gelernt. Ach, wir beide mit unserem kleinen Jonas werden so glücklich sein.

Thea (haucht): Ach, mein Liebster, für immer und ewig. An dieser Stelle riß mich Gregor abermals in seine starken Arme, und wir sanken engumschlungen in den weichen, warmen Sand.

Oh, diese wunderschöne kleine Szene labte mein Herz. Abends zog ich mein raffiniertes Wickelkleid an. Mir war so nach Schwarz.

Auf dem Weg zur Bar stöckelte ich am Kid's Club vorbei, wo ein paar Kinder schaukelten und im Sandkasten spielten, und warf einen gelangweilten Blick auf die Tennisplätze, wo ein paar Damen mit ihren Lobs die Vögel belästigten.

Am Zaun stand ein hochgewachsener Mann in weißen Jeans und einem dunkelblauen Hemd. Er wandte mir den Rücken zu, doch diesen Rücken hätte ich unter Tausenden erkannt. Aber ... es konnte nicht sein. Ich mußte unter Halluzinationen leiden. Das hatte ich nun von meinen Tagträumereien.

Der Mann strich sich das helle, feine Haar aus der Stirn. O Himmel, diese Handbewegung kannte ich. Jetzt drehte er sich um, als habe mein unverwandter Blick ihm Löcher ins Hemd gebrannt.

Wir starrten uns an. Dann fing ich an zu laufen. Gregor fing an zu laufen. Ich knickte um mit meinen Stöckelabsätzen, und Gregor fing mich auf, bevor ich stürzen konnte. Einen Herzschlag lang hielt er mich auf Armeslänge von sich und sah mir in die Augen.

Was ich in seinen Augen las?

Ich weiß es nicht. Mein Körper aber mußte die Botschaft richtig verstanden haben, denn er schmiegte sich von selbst an Gregor.

Er hielt mich sehr fest. Ich roch seinen Duft nach Kouros und Gregor und spürte seinen schnellen Herzschlag.

»Ach, Thea ...«, murmelte er in mein Ohr.

»Ja?« flüsterte ich zurück.

Er räusperte sich. »Ich ...«

Schnell legte ich die Hand auf seinen Mund. Konnte die Wahrheit schöner sein als meine Phantasie? Ich wollte jetzt nichts hören und nichts sagen, nur fühlen. Für die nackten Tatsachen des Lebens war immer noch Zeit genug, wenn wir nach Hause kamen.